春潮NOV+

MARINA BENJAMIN

献给失眠人的小书

INSOMNIA

昨夜的
第1001只羊

[英]玛丽娜·本杰明 著　　杨世祥 陈超美 译

中信出版集团 | 北京

图书在版编目（CIP）数据

昨夜的第1001只羊：献给失眠人的小书 /（英）玛丽娜·本杰明著；杨世祥，陈超美译. -- 北京：中信出版社，2020.11

书名原文：Insomnia

ISBN 978-7-5217-2172-0

Ⅰ. ①昨… Ⅱ. ①玛… ②杨… ③陈… Ⅲ. ①随笔—作品集—英国—现代 Ⅳ. ①I561.65

中国版本图书馆CIP数据核字(2020)第162493号

昨夜的第1001只羊：献给失眠人的小书

著　　者：[英]玛丽娜·本杰明
译　　者：杨世祥　陈超美
出版发行：中信出版集团股份有限公司
　　　　（北京市朝阳区惠新东街甲4号富盛大厦2座　邮编　100029）
承 印 者：北京盛通印刷股份有限公司

开　　本：787mm×1092mm　1/32　　印　　张：3.75　　字　　数：90千字
版　　次：2020年11月第1版　　印　　次：2020年11月第1次印刷
京权图字：01-2020-5479
书　　号：ISBN 978-7-5217-2172-0
定　　价：39.80元

献给“睡神”Zzz

与无畏的越界者夏莉

夜里谁能睡得着呢？无人入梦。

摇篮中的婴儿呱呱自啼，老人清醒着等待死亡，

年轻的人们和爱人呢喃耳语，相互交换着呼吸，

深情凝视彼此的眼睛。

—— 玛琳娜·茨维塔耶娃，《失眠》

你正躺在床上，忽而传来一串窸窣的铃铛脆响，或是一阵阴风如鬼魅般撩起你颈间毛发，让你不寒而栗；又有时，仿佛有一物轻如翼羽，沿着你的手臂摩挲而上。于是你感到身体骤然倾侧，几乎转瞬之间，又向上跌去——失眠已经大驾光临，你也清醒了。

“失眠”意味着睡眠的缺失，而我们却执意用缺失之物为其命名，那么当我们与“失眠”不期而遇时，又该如何把握缺失的“睡眠”之本质呢？而当“失眠”粉墨登场时，我们除了失去睡眠，有没有得到什么？这便是理解“失眠”一词的关键所在。

每当我夜半无眠时，眼中的整个世界都焕发出别样的色调。此时夜色更为静谧、更为亲和，即使是黑暗也有其参差肌理，开始吸引我的关注。我曾睹见的，有那愈加深沉的夜色，如墨色棺盖般倒扣在子夜穹顶，令人困意沉沉，还有天气阴潮、空气凝滞时方得一见的黛绿暮光。此外，还有天际缓慢晕开的光影，昭示着晨光即将来临，但在我看来，它更像是视域边缘的一抹混沌，好似验光师在你眼前放了一片散光镜，检查在你眼角余光里舞蹈的朦胧暗影。失眠让我发现黑暗也有诸多层次，有待探索，除此之外，还有一种“黑夜文化”需要习得。

失眠的尽头是天鹅绒般的黢黑。我犹如迟钝的幽灵，从一个房间踱到另一个房间，疲乏困倦，步履沉重。我存在，我又不存在。随后，我会读一小时书，沏上一杯茶，和我的爱犬偎到一起。我们瞪大了眼睛凝视彼此。动物的入睡能力让我讶异不已。它卧在沙发上，蜷缩于我身侧，不出几分钟便沉沉入睡。它的四肢如风笛般张开，温热纤小的身躯随呼吸起起伏伏。我稍一动弹，它立刻就醒了，但丝毫没有受惊的迹象，只有棕色的眸子转动，与我的眼神相遇，仿佛想知道这世界是否一如从前。

每一个这样的夜晚过后，次日清晨，我都会发现自己留下了一连串的“在场证据”，比如咖啡桌上倒放的眼镜，好似一双被随意丢在地上的舞鞋，比如倒扣在椅子上的一本书，还有残留在厨房柜子上的食物碎屑。疲倦已浸透了我全身。我站在客厅中央，把睡袍紧紧裹在身上，看照进室内的光线中尘埃漫舞。我竭力想通过这些线索重构出昨夜的往来经过，但是脑海中依旧一片空白。清晨的房间如同一处犯罪现场，所缺的只有画在地板上的尸体轮廓——不在场的只有人了，本该入睡的人，却仍然未眠。

也有这样的夜晚，月光皎洁，五彩闪烁，万物的存在分外鲜明。每逢此时，我的意识会不由得焦虑，大脑飞速运转，接着遽然惊醒。我中了魔似的亢奋异常，这亢奋又让我身心皆疲。我跑下楼梯，打开电脑，一页页浏览新闻——地球的另一半、光明笼罩的土地上的悲惨新闻：爆炸、战乱、屠杀、洪涝、火灾、恐怖袭击。我踱着步子，愠怒于这些冷冰冰的信息，情绪愈来愈烦躁。我一直相信，世界与存在的终极秘密就隐藏在黑夜的胸腹深处，而黑夜却在阻挠我的探寻。我想要掘出真理与价值，跨越黑夜的边界，把它们带到光明的清晨。

但在这循环往复如旋转木马的黑暗世界中，被埋藏的真理又该向何处寻觅？是女儿摇呼啦圈的刹那记忆，还是大地风火乐队“啊里啊里啊”的歌声，抑或是“我可爱吗”这样自恋的诘问？

失眠（名词）：指习惯性睡眠缺失或入睡困难，词源为拉丁语中的 insomnis，意为缺乏睡眠。“失眠”一词首见于阿特米多鲁斯的记载。阿特米多鲁斯为西方最早的释梦人之一，他于公元二世纪撰写的著作《梦诠》中区分了两种睡梦：其一为俗世之梦，源于做梦人的生活经验，是其欲望对象的象征性呈现；其二为先知之梦，系由神灵馈赠。希腊人另有一个词汇表示失眠：agrypnotic，词源为 agrupos，意为清醒。Agrupos 由两个单词拼合而成：表示追求的 agrein 与表示睡眠的 hypnos。由此观之，“失眠”一词不仅表示缺乏睡眠的消极状态，而且蕴含了追求睡眠的积极含义。

失眠，是一种渴望。

而我渴望的是什么呢？每逢子夜时分，我会问自己。之所以是子夜，是因为在日光之下，这个问题便会消弭于无形。一些暗流涌动的夜晚，这种渴望变得深切而激越，无际无涯，将整个世界一起吞噬。它就是这样飞扬跋扈，不讲一点道理。而我好像变成了空荡荡的黑洞，心中充满贪婪的渴盼。失眠是一种匮乏、一种需要，连你自己都能感受得到。

但我最渴求的是仁厚的修普诺斯，古希腊的睡神。我祈盼他从天际扶摇而下，在我身上洒满绛红的罂粟花瓣，以神药之力赐我一场浑浑噩噩的安眠。修普诺斯的故事让我意识到睡眠的馈赠是由上而下的，它的确是神灵方能施予的礼物。

你若是难以入睡，便会爱上睡眠，因为欲望源于缺乏（感谢拉康的理论），但也许，睡眠的缺乏程度与对睡眠的热爱程度是成反比的，失眠越重，对睡眠就越爱不起来。我有多热爱睡眠呢？睡眠会反过来回馈我以爱意吗？答案我自己也不知道。不过，中世纪的古波斯诗人鲁米似乎认为两者之间的关系是相互促进的。他在《先前时光之乳汁》中如是写道："每个人都在夜里流向爱的乌有之乡。"[1]试想，夜深人静的晚上，我们的身体正蛰居于睡梦，而精魄则化为晶莹的液体，或是如同网络数据一样无形的存在，流出卧室的墙壁，与万千他人的精魄汇合为一条奔涌的长河，这场景是不是让你备感安慰？鲁米说，乌有之地是充满爱意的，这真是极好的宽慰，虽说当我如机器般在夜里高速运转的时候，所谓爱的乌有之地，对我而言真的只是子虚乌有而已。

最近这些日子，我精力最为丰沛的时刻是凌晨三点半，正值昼夜之交、阴阳之会，既非白日，也非深夜。此时，鸟儿已开始啁啾乱鸣，狐狸凄厉的啼哭声也渐次入耳。有时，

---

1 原文中引用的鲁米诗句为"every human being streams at night into the loving nowhere"。经考证，系作者转引自美国诗人科尔曼·巴克斯于1987年翻译的鲁米诗歌选集《鲁米：我们是三人》(*Rumi: We Are Three*)。巴克斯的鲁米诗译本面世后虽在英美读书界引起巨大反响，但由于他不谙古波斯语，译文系由法文译本转译，因此有颇多与原作相抵牾之处。鲁米这句诗的本意是批判纸醉金迷的享乐观，而这重含义在英译本中则付之阙如，导致作者的理解与鲁米原诗的精神要旨并不契合。此处译文虽然与鲁米原句有较大出入，但对下文的理解至关重要，所以仍根据英文原文翻译。——译者注

希思罗机场轮流起降的航班还会光顾我的无眠，从我头顶呼啸而过。这时天色虽依然晦暗，但已不是子夜时纯粹的墨色，天际边缘已渗出些许光亮。我躺在床上，翻来覆去，辗转反侧，如一条困在网里的石斑鱼。这时黑夜似乎已萌生去意，准备退场，让我更加焦虑。（我并不想让黑夜就此离去，我想让它留下，这样我就能入睡了。）我根本无法在数了几次心跳之后仍保持先前的睡姿，于是就把所有的姿势都一一尝试：忽而平躺，忽而像胎儿一样蜷缩着侧躺，忽而俯卧，好似从高空直接坠到了床垫上。我思忖着“放松”应该是什么样的姿态，每想到一种，便随之换一种睡姿。有时，我整夜都在进行自我调适，并把这项能力发挥到了极致。我尝试过像瑜伽修习者那样把拳头紧压在胸腔下，缓慢地深呼吸，但总有一些烦躁的念头在心头挥之不去，让我的脉搏为之加速，于是我尝试想象空山幽谷，想象潺潺流水，或是毛茸茸的绵羊，想以此控制我奔涌的脉搏。我不断告诉自己：你累了、倦了、困了。我为了睡眠苦苦求索，而求索的道路却让我越来越清醒。

我在失眠的泥淖里苦苦挣扎，而身边却有一个人正呼呼大睡。覆在羽绒被下的他如苍穹之下昂然耸起的山丘，纹丝不动。我看着床那边黑暗中那一团寂如磐石的阴影，聚精会神地观察他有没有稍稍动弹的迹象。我们姑且管这个睡着的家伙叫 Zzz 吧。我不想吵醒他，我知道他和我一样，也疲惫得一塌糊涂。我还知道，要是我一阵翻腾把他弄醒，他会不耐烦地嘟囔一声，翻身睡去。有时他还会拂我一掌，就像巢穴被侵犯的大型猫科动物，伸出它硕大的爪子。Zzz 的身边自带一圈睡眠保护区，我若是冒犯了这片领地，那可就呜呼哀哉了。

Zzz 和我共眠过很多张床铺。有铺着丝绒床单的宾馆大床，枕头多得根本用不完；有床板凹陷的旧床，我们不知不觉就会滚到中间去。我们租住过床垫弹簧爆开、棉絮炸裂的廉价公寓，在床上嚼着爆米花，透过手指缝看恐怖电影。我们还睡过卡通主题床和临时搭凑的床铺。一次出远门到亲戚家做客，他们为展示待客之道，欣然把折叠沙发摊开供我们睡下，还有的亲戚家中没有折叠床，我们只能把两张小床拼在一起，中间的缝隙仿佛不可逾越的“贞操线”，引得我们一阵窃笑。我们还买过造型奇特、堪比艺术品的床垫，不过睡过之后就后悔了。（尤其是那种号称可以矫正骨骼、有利于脊背健康的床垫。现在想想，那玩意儿应该只有监狱里才有。）还有在网上看到的一些，比如“记忆泡沫”材质的床，让我们直流口水，却又囊中羞涩。这些年来，我和 Zzz 走过很多国家，睡过无数张床。我们的心境时好时坏，但每到夜晚，我们都会用独特的方式继续与彼此做伴，只不过，多半是与白天截然不同的相处模式。

与他人共享一张床，就是用行动与空间的语言进行一场对话。

有时候，这场特殊的对话中会灵光乍现。比如我们相识后不久，一起在意大利度过的那段时光。那时，我拿到了一个为时六周的写作资助项目，其间日程表上排满了度假计划。我们乘火车从米兰南下威尼斯，随后又驶向罗马，途中经停佛罗伦萨。我们俩都是第一次游览意大利的璀璨城市。每天，我们穿行于曲曲折折的古老街巷，观览巍峨宏伟或是奇趣盎然的建筑，任日光打在我们脸上，直到腿脚酸软得走不动才停下来小憩。还有各式各样连名字都没听说过的通心粉，有的像小星星，有的像猪尾巴，还有的像小钱袋，我们狼吞虎咽，大快朵颐。参观教堂是必修课，我们搜寻着那些只在书本上见到过的艺术品，一件件赏玩回味。最后，我俩过了艺术的眼瘾，肚子里塞满了冰激凌，才带着满怀惊叹回到寓所午睡。我们的肢体互相缠绕，额头贴在一起，连呼吸都是相同的韵律。醒来后，便是一场睡眼惺忪的鱼水之欢，可这样熠熠生辉的美好“对话”很难长久维系。

虽说和他人共眠并不一定需要在床上，但是我第一次和 Zzz 同床而眠，就与失眠不期而遇。好在我抑制住了让他起床走人的冲动。以前我真的这么做过，结果就是先后两位男友都变成了前任。即使这一次压抑了冲动，我还是心有顾虑，生怕重蹈覆辙。

失眠和旅行一样，是一种无根的体验，就像一株植物被连根拔起、抖尽泥土，你被剥离了睡眠，不留一丝困意，只有周身的神经末梢颤抖着赤裸裸的惶惑。在这重意义上，睡眠像是把植物直立于大地之上的重力。它让你安然躺下，坠入梦境，把你深埋于睡梦的泥壤中，与岩床相连，于是你得以从中获取滋养，养精蓄锐。

亚利桑那大学综合医疗中心的心理学家鲁宾·奈曼说，睡眠障碍者之所以常佩戴硅胶填充的眼罩，裹上厚重的毛毯来辅助睡眠，是因为这样的“襁褓感”可以抑制纷乱的外界唤醒效力。我注意到，我十几岁的女儿也在与失眠搏斗，她常把枕头盖在头上，以此获得久违的重力感。“‘睡在云朵上’这样轻盈的表述是不正确的，睡眠应该重如磐石。”奈曼如是说。

睡眠时要有“入土”的感觉，才能够睡得好，这是自古以来的经验之谈。睡眠时身体必须像根植于苗圃中的树木，岿然不动，然后静静沉入时间之河的河底。（你睡着了，时间就静止了。）玛丽·奥利弗在《在森林中沉睡》一诗中写到，她躺在森林湿润的苔藓地衣上沉沉入睡，如一块嵌入河床的磐石。仁厚的地母召唤着她，把她拥入美妙的怀抱。睡神修普诺斯应该会为这样酣眠的人骄傲吧？这已不是神药之力所能赐予，而是纯粹的沉眠了。

陷于失眠的魔掌中，我无从逃遁，只能任其宰割。这不仅仅因为我的身体不安分，也不是因为生活境遇变迁，似鱼脱水，如树离土。这与我的体质有关。失眠并不只是多动的结果，还有体温的因素。夜晚我的细胞“火”力全开，汗液不断从毛孔里淤出来，浸得皮肤一阵阵刺痛。身体散发的热量如浪潮奔涌，几乎把我吞噬。这时如果忽然把灯打开，定会看到我身上亮晶晶的。我从头到脚都覆着一层汗液，肤色转为赤红，仿佛开启了警报。

古代医士多半会将我归入胆液型体质一类。胆液偏盛者的主导体液为黄胆汁，属干热型体质。这类人欲望强烈，如狼似虎（符合）；常感到饥火烧肠（符合）；身形瘦削，筋脉暴起（符合）；新陈代谢旺盛，身体会产生大量热能，甚至小便都燥热刺痛（符合）；性情易怒，缺乏耐心，急性暴躁，同时又果敢无畏（符合）；作风偏个人主义，适合做前驱先导，寻找振奋人心的经历（符合）；排泄物颜色赤黄（含有胆汁），恶臭熏天；胆液型体质的人都睡得很差（符合），夜晚，他们往往会为消化不良或精神压力所苦，或者噩梦频频造访，惹得他们心如烈火、躁动亢奋。

我失眠时，不仅身体如被炙烤，精神也成了一团烈火。你问，精神着了火是什么样子？就像F1赛车撕扯着沥青跑道；就像大海里一团亮晶晶的鱼群，躁动不安地向前奔游疾驰、横冲直撞；就像真空吸尘器耗尽了功率，在房间里兀自旋转不休。失眠时我的大脑如同全速运转的涡轮，把我撩拨得睡意全无的，并不是一个猝然闪过的念头如一根手指把我搔醒，而是仿佛一瞬间头顶的灯全部点亮，发动机马力全开，各种信息纷至沓来，神经元胞体的树突遽然开满繁花，释放的一股股电流飞掣我的大脑，而大脑已经变成一只浮游于深海之中、磷光闪烁的海蜇，绚烂地清醒着。

普鲁斯特在《追忆似水年华》的第一卷中写到，主人公马塞尔思索自己的失眠经历，困惑于自己为何明明醒着，却好似猝不及防跌进了别人的白日梦境中。他百思不得其解，于是想象自己其实是在阅读一本描写他自己生平际遇的书，而他关于自身的认识，全都只是来自这本书的二手意识。后来他虽然意识到自己并非活在书中，而是躺在床上，却无法将记忆与幻想区分开来。即便如此，马塞尔还是能为自己虚构出一种理想的失眠，那种他梦寐以求却无法得到的失眠——他在夜里清醒的时间长度，刚好足够他在安然入睡之前，好好欣赏一番笼罩在周围的纯净无瑕的黑暗。

虽然我的知觉已经断了电，但大脑仍然兴奋过度，仍然源源不断地输出各种念头与联想，这让我苦恼不已。

虽说大脑不是计算机，但夜半清醒的时候，我发觉脑袋里就像在进行着一场电子运算，因此，我也不能不用计算机语言来描述大脑的运行。举个例子，夜晚我竭尽全力仍无法入睡的时候，就感到运算程序已经启动，大脑中我不曾察觉其存在的部分如机箱中的低阶元件，开始了长达数小时的系统自检。幸运的是，无眠给了我意外的惊喜，让我能洞察它的运行操作。颅内的运算程序耐心细致、有条不紊地串联起了我的精神内存，搜寻破碎的信息代码（那些偏处一隅的念头以及旁枝末节的精神活动），并迫切地想将它们整合划一。然后，它又开始扫描大脑里的重复文件，即那些无缘无故反复出现的念头。所有被认定为垃圾信息的重复文件和信息断片都被清空，还有尚未成形的记忆、逻辑的悖论、配置失败的信息，以及盘旋升腾的无用观念，都被打入万劫不复之地。

明知大脑进行过这样的自检与清理，然而次日清晨醒来，为什么我丝毫没有神清气爽的感觉?

有天夜里，我依旧无法入眠，于是在心里构思一封写给一家快递公司的信。这家公司远在大洋彼岸，此前在国外旅行时，我始终没有收到它负责配送的一本书。他们发给我的邮件中说司机找不到配送地址。（弄得好像我是本地人，司机反而成了外国人似的。）失眠使我偏执，于是我决定用平稳而不无愠怒的口吻写这封信。我会质问他们，为何司机定位不到我的地址，而我身为一个外国游客却找得到？（何况我方向感极差，是个不折不扣的路痴。）我还会告诉他们，其他图书快递公司都无一例外地配送成功。那时我下榻的公寓是出版人、作家和书商的聚集地，每个人都有大批图书订单，快递包裹堆满了走廊。每天我都一一检查，心想什么时候我的书才会送来。我愈来愈觉得这是公司不可饶恕的罪过，因此也更加精细地琢磨着文辞。我想，快递公司应该知道这本书对我的研究有多重要，我又很难找到二手书，一心都指望着他们！当他们最后一次对我的收货地址“发起冲锋”时，我已经回到家中好几日了。可是那整整一周的白天，我虽然无时不在留意书有没有送抵，却始终没有想过直接和他们联系。

直到后来，我才意识到应该问自己一个问题，一个比书为什么没有送达更迫切的问题：如果清醒的时辰无法满足大脑无意识的需要，那该怎么办？

最近，我尝试使用耳塞，阻绝嘈杂的鸟鸣。它所创造的寂静隔断了窗外噪声的狂欢，却也开启了一个奇异的内部音场，耳中厚重的岑寂之上，不断飘荡着神秘的回响。倘若留意，便会听到心脏在胸腔中机械跳动的沉闷声响，还有血液飙涌疾流的粗粝喧哗，以及耳蜗中疾风的盘旋呼啸。谁知道这是不是我们感官系统自顾自的游戏呢？于无声处，无中生有，以此填补声音的缺失。无论动机为何，它都让我们一窥失眠中的感官中枢。

听力不佳是镌写在我基因中的。白天，我总是苦恼于听得不够清楚，谁会想到，到了夜晚我竟然饱受噪声的折磨？每到夜晚，我就会听到不绝的鸟鸣，如长笛吹出颤音；听到暖气片中的撞击声，时断时续；还有不知何处传来的涓涓水流声，以及老鼠在壁板下或房椽上啮齿做穴的窸窣碎响，凡此种种，不绝于耳。就这样，我在夜里与听觉重逢，对之竟多了一些新奇。我不禁开始幻想，倘若以后我日间的听觉继续衰退，那我会不会开始憧憬起夜间众声喧哗的交响？

父亲在世的时候极好面子。虽然年事已高，听力每况愈下，他仍固执地拒绝佩戴助听设备，极不情愿把自己的失聪展现于旁人面前。他所拒斥的不仅仅是助听器，还有整个现实世界。他沉缅周遭氛围在脑中留下的印痕，正如他喜爱把心中的图案投映于一面空空如也的墙上，以此创造自己的现实。我的父亲，正是这样一座白日梦工厂。母亲现下已年过八旬，耳聋的程度较父亲当年更甚。最近，她花了好几千英镑，在耳中植入了一个颇有外星科技感的助听器。若非视觉极为敏锐，根本不可能看出它的存在。它塑料的外壳上有两个小孔，从中伸出一对纤小的触角，看起来像是间谍才会用的东西。不过，说起制造噪声的能力，没什么能比得上这玩意儿。我所好奇的是，同是在失聪的世界中航行，父亲和母亲却选择了两种截然不同的态度：父亲觉得失去听力是一件好事，母亲则向白噪声屈膝投降，她沉溺于嘈杂的声景不能自拔，任感官的声音将自己淹没，如此，她便不再寻觅所谓生存的意义，而是只关注生存本身。

对我而言，与其听觉衰弱，还不如什么也听不见。说实在的，我已经开始享受耳塞带来的感官麻痹了。它阻绝了鸟鸣，将我带入内心的空间；它隔断了我和世界的联系，让我更专注于眼前的黑暗。

Zzz 很早之前就有和我一样的愿望。他一只耳朵天生失聪，听到的所有声音都是单声道的。每一阵碰撞、尖叫、敲击、笑声或是吼声，甚至是两条街外夜店里的低音贝斯声，即便在我听来微不可闻，对他而言却都凝聚成了一个个尖锐的声点，如一根根银针刺透他的耳膜。另外，单声道的声音是没有方向性的。这世界众声喧哗，而 Zzz 所听到的一切，都是对他单耳的音袭。每有突如其来的噪声打得他措手不及，他便满腹狐疑，进入防备状态，不是把关车门的砰响当作有人私闯宅居，就是听到玻璃瓶碎裂便以为有人翻越围墙。夜里我很是同情他，对我而言只是轻微的噪声，对于他则是无处不在的巨响，完全无法忍受，但到了白天，我就没那么同情他了，因为我发现，耳聋的好处是可以在白日偷得些许睡眠，哪怕只是一只耳朵听不见。

因此，和睡眠一样，失聪也能使我们倾听到潜意识的需求。

威尼斯的古根海姆博物馆中陈列着一幅比利时超现实主义画家雷尼·马格利特的作品，与我平素的精神状态很是契合。画中一片树林枝繁叶茂，掩映着一座街灯照亮的屋宇，在夜幕之下轮廓森然。房舍阁楼上的两扇窗户中灯光流溢，好似一双思盼的眼睛。这不禁使你想象室内的温馨场景：临睡前孩子们在嬉戏雀跃，一位优雅的妇人正坐在妆镜台旁，因为这是幅上了年头的画，兴许还有一个看不出性别的人正披着“便服”随手点燃一根香烟。乍一看，你会忽略这幅画中的不和谐之处。接下来你便悚然一惊，因为昏暗树影之上的天空湛蓝如白昼，还有棉花似的白云点缀其中。换言之，这幅画充满了冲突和张力。马格利特的《光之家园》系列画

雷尼·马格利特，《光之家园》

作（这一主题的画作至少有三幅）令人意乱神迷，因为它颠覆了经验世界的基本规律：昼夜之分、黑夜与白日在这组作品中形象地融为一体。因此，一切都不再是本来面貌。日光原本是光明的源头，在这幅画中却带来了属于黑夜的惶惑与不适。失眠的天空反衬了地面的荫翳，使黑暗愈加难以捉摸，于是那座通常被想象为家园与港湾的房舍，也随之变得迷影重重。

每次我审视自己的房子，都感觉身体成了房子的映像，点线对连，如同铅笔勾勒的平面投影。房子就像我的身体，有隐秘的角落和亮灯的孔隙，有功用各异的分区，以及有时开放、有时闭合的边界。它成了我自我感知的具象。我也如同房子，层序井然、阁室分明，是一个有进有出的所在，既是公开的，又是私密的。也许，我们谈起寄居一室的乐趣，说的其实是在一处空间中流淌涌动的感觉，自我与他者的界线已消弭于无形。

遭遇失眠的时候，我在室内潜行，感受房子与我双重镜像中的每一丝线条。这时我对房子的拥有意识便会格外强烈。而有时这种意识又会莫名蒸发，仿佛我与房子的精神链接已然过期失效。这时，自我感知不再扩散、不再流动，与周遭环境浑然一体的感觉也荡然无存，房屋转瞬之间变得面目狰狞，与我形同陌路。黑夜是伟大的易容师，给一切蒙上了凶恶的面纱。

听起来难以置信，但夜里有时候，我感觉房子一定是有生命的，仿佛墙上有成千上万双眼睛，房体结构的每一丝纤维都在膨胀收缩，围着我吐纳呼吸。

Zzz 说："前几天夜里，我梦见我们再也不会做爱了。"他又接着说："醒了之后，我觉得要是让我连这么重要的事都放弃，那我宁愿去死。"然而当时我戴着耳塞。也许，我应该告诉他，我的自我意识已不再稳固如昔，我就像一块肋眼牛排，已经被切成薄如羽翼的细片，但是，我什么也没有说。在我的内心世界里，更年期如同化学试剂，在我的血脉中奔涌流淌。这又是一次"系统自检"，让程序在重启前更新完闭。

夜以昼成，正如昼因夜生。黑夜与白天，是阴与阳、北与南、负与正。它们从不会同时登场。一旦它们像马格利特的画中那样同时显形，我们便会手足无措。然而失眠时除外，失眠是对昼夜阴阳界线的邪恶僭越。

希腊神话中伟大的黑夜女神、本初黑暗之母尼克斯的洞府位于峥嵘巍峨的峭壁之巅，周遭被墨色云雾笼罩，俯瞰着塔尔塔洛斯的不测深渊，即赫西俄德笔下"万物之起源与边界”交错并陈之地。每日黎明与黄昏，尼克斯都会守在洞府门前，等候她的女儿白昼女神赫墨拉。她们会在玄色台阁上略做交谈，但绝不会同时进入洞府中。当赫墨拉以狂歌作羽，驾车纵横于苍穹之上时，尼克斯则潜入幽暗的寝宫，静静等待她暗夜统治的降临。

日夜交替，朝来暮往，循环不息，对此，我们只能傻乎乎地相信，每次夜幕降临之后，光明必定会于次日重返人间，但万一我们错了呢？会不会有一天，我们发现灵魂已沦为茫茫黑夜，我们被困在这黑夜无尽的折磨之中，遭受永世的惩罚？甚至更糟——当我们的人生走到尽头，便会堕入死亡的永恒暗夜之中，无可逃遁？我若告诉你，希腊神话中的死神塔纳托斯与睡神修普诺斯本是兄弟，死亡与睡眠情同手足，你会不会释然许多？这便解答了为何死亡与睡眠常常互为对方的隐喻或征兆，也解释了晨曦所象征的崭新一天为何不仅意味着苏醒，也意味着重生。

哲学家大卫·休谟认为，我们永远无法确定新的一日是否永远会在黑夜的尾梢降临，只能目睹昼夜轮回、阴阳接续，根据这一共同经验做出推测。然而，推测并非无懈可击的真理。简而言之，世间诸事的联系，任凭观测手段如何精密，彼此之间如何般配，都有如昼夜交替，背后并无因果联系。更有甚者，我们试图探究现象背后的原理机制时，常常会诉诸天马行空的推想，幻想出隐形之手、以太微尘、无形之力与能量场等概念。在我们的设想中，宇宙如同精密复杂而又秩序井然的机械钟表般运行着，但谁又能保证，会不会有一天神灵忽然震怒，将“明天”的电源彻底掐断？就算你的宇宙观是无神论的，或许星际劫变也会毫无征兆地爆发，吹熄太阳的火烛，夺走我们的光明。无论哪一种情况，等待我们的都是永恒的暗夜，暗夜的永恒。

我们把每日光明的复现视为理所当然，但休谟对此不以为然，因此他主张我们要学会与不确定性和解。

对此，我们很是擅长。这不仅由于我们一贯自满于“推想”这种偷懒的做法，还因为我们已经通过别种方式认识了不确定性的存在，比如爱人的消失，这也是一种永恒的黑夜。以《奥德修纪》中的佩内洛普为例，她独居伊萨卡岛上的家宅中，形影相吊、孤苦无依，守候着丈夫奥德修斯从特洛伊战场平安归来。奥德修斯的离去点燃了她的欲望，然而无眠又将欲望凝固为绝望。我倾向于认为，佩内洛普的清醒是全方位的，不仅身体在夜夜反刍她的困境，情感与精神亦然，但是，即便她竭尽全力，却仍然对丈夫的所在一无所知，未知如同黑夜，笼罩着她。

失眠的夜里，我希望能做点什么抑制心底的焦躁，就时常会想起佩内洛普。她心中反复燃烧着一抹希望——丈夫会忽然回到家中。于是，白天她为奥德修斯的父亲拉厄耳忒斯编织入殡的寿衣，怕如果奥德修斯死去，白发人送黑发人的惨剧会让公公难以独活。可到了晚上，她又把白日所织一线一缕地拆散。这是她重燃希望的魔法。固然，准备这场神圣的葬礼，是为了拒绝那些企图取代奥德修斯的追求者所找的借口（她声称必须先织完这件寿衣，否则断难答应他们的求婚），但这则故事中吸引我的并不是佩内洛普的托词，而是“织”和“拆”这组动作本身。因为只要寿衣还没有织完，她就可以心怀希望继续等待，让一切悬置于不确定中，拒绝奥德修斯的死亡。

手摇纺车，编织出希望与恐惧，以华服装点现实，这就是女人的日常。同样属于女人日常的，还有铭记与遗忘。

焦虑也是女人的日常之一。我是从母亲那里学会了焦虑。对她而言，焦虑是欲望的代名词——并非她思故她在，而是因为她忧心忡忡。她常打电话给我，表达对我的关心，问我睡得好吗，饮食合理吗，工作进项够吗之类。我当然报喜不报忧，何必要让她忧上加忧呢？于是一遍一遍地说“好……嗯……够……”。然后她就开始向我抱怨，她又睡不着觉了，坐骨神经又开始搞事了，诸如此类。要不要让她去看医生？转念一想，算了吧，医生只会宽慰她，说她身体好得很，再开上一些两天后她碰都不会碰的药。医生之所以敷衍了事，只因为她所谓的病根本就是笑话。甚至还有一次，她忽然觉得自己对买来做简餐的鱼肉过了敏，为这些所谓的小事苦恼着。不过，她排遣焦虑的方式颇得卡巴拉教徒[1]的真传——先将这些焦虑起了名号，以此驱散它们的负能量，然后就像拉比驱鬼一般，将它们倾诉而出（通常是抛给我）。唯有如此，她才能恢复内心的安宁。可以说，母亲的失眠是性情使然。

我父母的婚姻中，母亲独自承受着焦虑的重担，反观父亲，却如孩子般无忧无虑。母亲总能预知父亲的各种需求，不待他说出口，甚至他自己还没意识到，她就已经打点好了一切。正因如此，在他们一起生活的五十多年中，父亲身上始终有种人性的天真。母亲不仅处理日常家务，如做饭、送货、理财，还要做一个温婉贤淑的妻子，做父亲的坚实后盾和感情寄托，为他提供现实世界中的庇护所。除此之外，她还要解决种种烦琐的金钱问题。而父亲蹉跎一世，有如梦游，天真地以为生活的优渥富足是天上掉下来的。婚姻是一

1 卡巴拉教是犹太教中的一支，要求教徒坚持艰苦的冥想过程和严苛的生活方式。——编者注

桩不平等的交易，他俩的分工即是明证。

我很好奇白天梦游有无可能，于是查了查。梦游的实质是大脑中负责产生对动作与周围环境清醒认识的分区处于休眠，因此白天梦游在理论上确实是可能的。不过，梦游中，由原始边缘系统支配的“情感大脑”仍然保持活跃，而运动系统虽然笨拙，但也依然有效。真正休眠的只有“理性大脑”而已。由此可见，所谓的梦游者可能只是不够警惕。

如同那些被铭刻于石碑上传颂至今的婚姻故事一样，佩内洛普和奥德修斯也是不平等的，婚姻的天平倾向了奥德修斯一侧。数十年间，奥德修斯浴血奋战，浪迹天涯，与女神同床共枕，他的人生起伏跌宕，多彩多姿，在人们心中已然超凡入圣，可比肩神祇。他无疑成了故事的主角、史诗的英雄。而佩内洛普呢？丈夫不在身旁的岁月里，她独自挨过无眠的黑夜，心中汹涌着万千忧虑。还有她织了又拆的寿衣，一丝一缕，无不是忧虑。

这听起来很不公平。难道佩内洛普不够英勇吗？她主动出击，巧妙周旋，拒绝了一个又一个追求者。这些人像从战壕中匍匐而出的士兵一样前赴后继，他们觊觎奥德修斯的王位，做着饮其酒、衣其甲、卧其榻的美梦，而佩内洛普应对这一危机的手段之高明，罕有出其右者。那些追求者的年纪只有她的一半，这无疑相当具有诱惑性，尤其是考虑到她已经在伊萨卡岛上守了二十年活寡。再者，追求者数目众多：她的儿子忒勒马科斯闲话母亲的时候，吐露总数共有一百零八人，我曾读到一位学者考据出的数字是一百九十一人。佩内洛普虽然尝尽苦恨，但仍然忠贞不渝、桀骜不驯、克己守节、果敢坚毅，默默忍受无尽的困苦与悲伤。她已然是一个英雄了——纵然这并非我认同的英雄观，但她若没有如此行事，我还是会惋惜不已。然而，大多数古典文学批评家都把视线聚焦于她那件永远织不完的寿衣上，进而证明她品性狡黠诡诈。在他们的论述中，她只是又一个善于编织谎言的女人罢了。

关于失眠与爱情，还请容许我多赘言几句。在我看来，它们都是迫使我们直面缺失之痛的存在状态。失眠时，睡眠已将其他人收入麾下，唯独我们还在被清醒眷顾。我们渴望的是被遗忘，而在这种渴求之中，基本需求不能被满足的焦虑心态又重新泛起。爱情也是如此，情侣之间试图以忠诚来抵御未来的不可知，仿佛爱成了有形之物，可以像冰球一样被推到前方，占据未来的领地。

“爱情和睡眠一样，都是滑向未知的世界，因此需要莫大的信任。”一位失眠的学者如是说。然而，我们可以将这两者进行更深入的类比。你在失眠时会与爱情的黑暗之心不期而遇：爱人渐渐成为陌生的他者，不可捉摸。

最初的一夜激情过后，我和 Zzz 开始经常共享床铺。我们的睡眠交融为完美的协奏曲，平稳而和谐，仿佛几亿年前的两块古老大陆融合为统一的整体。然而好景不长，很快大陆就开始漂移，开始极其缓慢，几乎难以察觉，后来遽然加速——一个人抱怨太热，另一个则抱怨没有自己的枕头，在我们发觉之前，我和 Zzz 就已各自漂移为独立的大陆：两个截然分裂的地壳板块，中间隔着一片茫茫黑夜。

失眠中的我会不时偷偷向睡着的 Zzz 瞥上一眼，他的轮廓融入漆黑的夜色，仿佛化为无形。我想买一张船票漂洋过海，远离“鼾醒岛”与“辗转礁”，去到他的大陆，那片安眠的土地。我是勇敢无畏的旅人，驶过汹涌的波涛抵达彼岸，心甘情愿坠入混沌无知的状态，对自己蹒跚的步履视而不见，任知觉游离于肢体之外。我唯一需要做的，只是伸出手而已。

这份温柔看似触手可及，然而，你一定会讶异，因为我每每在这美丽的诱惑面前寸步难行。我无法放松下来与黑夜为友，而是被迫在自我的边界巡查守夜。我的意识仿佛被拘押，身陷囹圄之中，完全臣服于狱卒的颐指气使。这样的感觉令你沮丧，使你发疯，让你想起那种罕见而惊恐的睡眠境况：你耳畔有一只蚊虫嗡嗡飞鸣，明明意识清醒，你却无法伸手将它赶走，因为有一种力量笼盖了你全身，麻痹了你的肢体，将你钉在床上动弹不得。你错误地入眠，你错误地清醒。这种情形下，你简直处于崩溃边缘，感觉脑袋成了一口高压锅。你辗转反侧，惊惧不已，锅中蒸汽沸涌，冲顶着锅盖，你大脑中枢的控制中心成了一片战场。锅里的你心烦意乱，每分每秒都是煎熬，自由意志的氧气不断流失，你只能任由这该死的吸血蚊虫摆布。

这是作为健康人类距离“闭锁综合征”最近的体验——已故法国作家让-多米尼克·鲍比在中风之后就身陷这种生不如死的囚禁之中（犹如岛中之岛），然而他还是写出了《潜水钟与蝴蝶》，在书中描述了自己的经历。我用了“写”这个字，但实际上，他全身上下能动的只有眼睛。助手在他面前放了一张字母表，一个字母一个字母地指着，如果是他想用的字母，他就眨一下眼睛。就这样，他以无尽的坚韧完成了这本书。幸运的是，这份“证词”并非是苦痛的呻吟，而是献给爱与丰富人生的赞美诗，完稿后不久，死神就大驾光临，为他解除了被囚禁于躯体中的酷刑。

现在是凌晨 4 点 22 分。现在我想起来了，睡不着的时候，我每每会开启“杀虫”的狂欢之旅，这是我失眠的一大特色。我手中拿着拖鞋，向一切蠕动的、嗡鸣的、爬行的生物拍去。一只原本半死不活的苍蝇，靠近我温热的身体后才挣扎出一丝活着的迹象（这是另一种存活与呼吸的方式），对于这种存在，被一拖鞋拍扁可谓是最完美的宿命。最近在西班牙遇到的虫子让我记忆犹新，那是一条形状扁平、骨骼清奇的百足虫，上网一搜，发现它是“会咬人的那种”。然而，它在我脚下只发出嘎吱一声脆响，身体中就溅出一摊无色液体，一条条腿无力地漂浮着，有如V字形的枝丫。这个生物就这样融化了，如同一场噩梦。

问题1：失眠让你沦为一座孤岛。它让你坠入孤独的深渊。这孤独全无尊严可言，因为失眠之中，各种纷乱意绪都啃噬着你，让你无可逃遁。

问题2：两相权衡之下，与其强忍有如置身内陆混沌全无边界的封锁状态，我毋宁成为一座孤岛、一块自成一体的陆地、一处专属的庇护之所。对了，若是我终于抵达了这荒岛，还请不要惊扰到我的孤独。

夜色仁厚而黑暗，我将这黑暗比作天鹅绒。置身于黑夜的深处，我常会想起那些辗转于床、难以入梦的人，他们散布在每一条街巷、每一座城镇，散布在全球各个国家，每个未眠人都是暗夜中的灯塔。我们就像流行病传播地图上的点点光斑，罹患在黑夜中清醒的痼疾，各自占据针尖大小的地方，彼此隔绝，忍受着凄惶的孤苦。我们竭尽全力向同类靠近，却像在跑步机上疾奔一般全无意义，跑出的里程数丝毫不能缩短彼此之间的距离。无眠者，这群被囚禁在清醒监牢中的人，构成了一个特殊的群体。我们坚守自己的位置，宣告地理上的在场；我们遍布世界各地，在一些区域尤为密集、聚拢成团，虽有莫名散落边缘的局外者，也能和主流串联在一起。我们有统计学意义上的重要性。我们若将共同的焦虑一吐为快，那无疑可以汇成一部焦虑的教科书。然而，我们彼此之间却无法交流。

这也是一种别样的派对吧。显然，这一奇特的事实带给了查尔斯·西米克灵感。他在诗歌《失眠者集会》中把失眠描绘为一座宽敞宏阔而空无宾客的舞厅，有着镀金的吊顶和镶镜的墙壁。厅中只有一个手持电筒的服务生，看似有人即将上场，做一番华丽的致辞，接着西米克笔锋一转："每个人都被邀请了。"

西米克的诡异集会让我备感压抑，但我们还能找出什么集合名词作为替代呢？"失眠者的群体光明"？那说的是火光，还是焦躁？

失眠者占据世界总人口的比例似乎无从算起，但大多数研究报告都声称，我们这个群体正不断壮大。好像近来人的身体在以流行疾病传播的速度，忘却早已习以为常的基本任务，比如呼吸、消化、分泌荷尔蒙。（在流行病地图上，我们这群人好似野火一样在全球蔓延。）我们面对睡眠赤字，如同睡眠遭了盗窃。我们的祖先居无定所，习惯不定时来一场“睡眠大爆发”，以此弥补缺失的休息。当初他们只要有地方倒头即可小憩，时过境迁，我们现在却觉得理应卸去重负，在无意识的深海里做一番完整的、通宵达旦的潜游。我们私人生活的每个角落无不被工作渗透，自以为付出的辛劳值得一场酣畅的睡眠，于是布置了优渥的睡眠空间——如王宫一样的私人卧室，宁谧幽静的暗色调装潢，配上轻盈的羽绒被与高科技床垫——而睡神修普诺斯却面露嘲色，拒绝光临，故意与我们兜着圈子。

也许，当我们不眠不休，如孤岛一样躺在床上凝望着天花板时，应该好好想想这一重对立与讽刺了。

岛。孤单的陆地，是我。有时我想，所有关于绝望的隐喻中，大概没有比“岛”更贴切的了：你身居重重防卫之中，与世隔绝，一无所有，只剩渴望同伴的阴暗念想在心中兜转不休。失眠时，我化身孤岛，床则变成一只坚固的木筏，独自浮游在暗夜的海上，任茫茫黑夜拍打着我的堤岸。Zzz 就躺在我身侧，但仿佛有千里之遥。在一些极孤单的时刻，我生怕自己会跌入一口深井，淹死在它充满无名渴盼的水中。我察觉到了一种危险：最为熟悉的空间也会变成最陌生的所在。我已被黑夜疏离，被锁在睡眠的门外。就算把手伸向 Zzz，我又能找得到他吗？

我一遍遍反刍着“孤岛生活”的种种好处。自幼，这种浪漫的孤岛情结就一直深藏我心、难以抛却。鲁滨孙·克鲁索是这种情结的最佳载体。第一次知道鲁滨孙的故事，是幼时看一部古老的黑白电视连续剧（我相信是法国拍的），后来我才知道，这部电视剧极其忠实于丹尼尔·笛福的小说。它是儿童节目的一部分，每周六早上都如约而至，给孩子们带来元气满满的精神食粮。即使到了现在，我还能哼出它小提琴演奏的主题曲的调子。这部剧亮相荧屏的时候，我还太小，还不曾与绝望狭路相逢。不过，彼时我已能体会坚韧的意义，它的痕迹在故事中处处可见：在鲁滨孙每天在木板上划道子计算天数的仪式中（印痕中透露的无不是对时间的掌控），在他为驯养山羊搭建的围栏里，还有风暴来袭时，他决心不让自己淋湿，躲在棕榈叶搭成的简易窝棚下。

每个星期，我都迫不及待地想知道电视里的鲁滨孙又设计了什么新奇玩意儿，将那座树屋改造得更加文明舒适（它已经很有设计感了，用藤蔓搭建，看上去自有些野趣），比如用藤条拧成绳子，通过滑轮升起一顶吊扇；再比如垒起一

鲁滨孙·克鲁索

座酒窖，囤满从沉船里捞出来的白兰地和水晶玻璃杯。我完全相信，对于那个他弃于身后的世界，如果他能在岛上建造一份还算过得去的复制品，就将不再渴望得到救援。那年我十岁，以为他心里所需的只是一点毅力，而现在我知道，一个人唯有配备了情感的全套装备，才能于一片虚空之中建构某种实在。

笛福写下这个故事时，正值一个新商业纪元的鼎盛时期。虽然只预设了一个简单的前提——一个被困于海上的人如何生存，他的叙事却触碰了启蒙运动的一系列主题。鲁滨孙犹如一个孤独的白人十字军勇士，无论走到哪里，哪怕是无人的世界尽头，他都会将文明运送传播。他以传教士的热情驯化野性的自然，给混乱带来秩序。他勤勤恳恳、不屈不挠、心灵手巧。他夜里也会失眠，不过，让他晚上保持清醒的，是思量未来的计划、要做的器具以及该写在日记里的文字。鲁滨孙不是在消磨时间，他是在积极地享用时间。

《鲁滨孙漂流记》出版于 1719 年，一场延续了百年有余的喧嚣接踵而至。接下来的一个世纪，荷兰、英国、法国、葡萄牙和西班牙的商船远渡重洋，将万里之遥的土地征服为贸易殖民地，送出火药和麻疹，运回满舱蔗糖、咖啡与黄金。在诸多层面上，这部小说都是那个世纪的缩影。笛福小说的主人公与欧洲的殖民商人如出一辙，是天生的征服者，视自己为暗夜中的炬火。启蒙思想家们提出了一系列对立的概念：意识与无意识、白昼与黑夜、理性与魔幻，以及清醒与无知的昏眠，而鲁滨孙们身上流溢的，无不是其中“好”的品质。笛福的小说里，蒙昧昏聩的一面全都寄居在“星期五”身上——那个被鲁滨孙收于翼下、驯教开化的野蛮人。实际上，奴隶身份所体现的，正是睡意沉沉的大脑。

欧洲文明何以能积聚难以想象的财富？其背后令人遗憾的事实（也是罪恶的秘密）是，这些财富无不仰仗于庞大的殖民体系——它章法明晰地入侵那些传说中的“黑暗大陆”，将人民变为奴隶，通过强制劳作，构建了一种全球经济形态。这种模式背后的根本逻辑是：黑人毫无疑问是低等人，既愚蠢无知，又取之不尽。所谓黑人“无知”，一度被理解为他们的智力处于某种永恒的暗夜之中。然而，这个等式所涉及的，远较掠夺与压迫更为邪恶，也更为无可宽宥，因为奴隶制的暴行被欧洲日渐壮大的消费阶级小心翼翼地掩藏起来，尤其是蔗糖这种殖民地产物——糖光辉熠熠，糖益寿延年，可以腌菜，可以酿酒，更不要提它水晶般的颗粒融化在舌尖上时的甜蜜快感。是啊，如糖似蜜的日子来之不易，于是对甜蜜背后的东西，人们选择视而不见。

这些从遥远大陆萃取的摇钱树，哺育了欧洲不断扩张的经济——烟草、咖啡、糖，每一种都是兴奋剂，也正是它们导致了大范围的失眠症。其中因缘，并非偶然。

于是，很久之前我就戒了烟（大概有十九年了吧，没有仔细算过），现在即使有很长一段时间不摄入咖啡因，我也能熬得过去，但至于糖，就是另外一回事了。别管它以什么形态出现——粉末状的、液体的还是固态的，我都来者不拒。要是医院里也能静脉注射这玩意儿，我肯定会答应。我还没有遇见过一种我不喜欢的布丁，还有蛋奶冻、果泥、蛋挞、冰激凌、蛋糕、乳酪、果酱、馅饼、乳脂松糕、奶油葡萄酒、牛轧糖、饼干碎和太妃糖，这些甜品我都无法拒绝，一吃就停不下来。Zzz 说，糖和蛋糕对我来说就像千刀方死的凌迟。对此，我只能辩解，是社会教导我爱上糖的。

在《甜与权力》一书中，经济史学家西敏司追溯了糖贸易的增长。他解释了糖是如何在消费者中被积极推广的。从英国人开始，“糖被灌溉到他们饮食的每一处缝隙中”，法国人也步其后尘，接着是美国人。糖的销售带来了难以想象的惊人利润，而且随着时间的推移，糖从奢侈品转变为日常必需品，它的价格越便宜，我们消耗的量就越多。

西敏司引用了一位英国学者 1645 年访问巴巴多斯的“糖岛”时的记载，这比笛福出版《鲁滨孙漂流记》的时间还要早了半个世纪。他的记载言简意赅：巴巴多斯的种植园主仅在十二个月中就向奴隶主购买了“不少于一千个奴隶”，“蒙上帝眷顾，这些本钱在一年半之内应该就能收得回来”。

我已经说过“无知”的黑暗，但什么又是“不想知道”的黑暗呢？那是源于偏见狭隘的无视。奴隶贩子、种植园主、货船商和国内富有的投资者（他们只能在提供信贷上发挥作用）为了鼓吹海外贸易的利益，将这种睡梦般的无视散布于家乡的男男女女之中，以便没有人去核查海外的黑暗勾当。

而今，消费者大都承认，资本主义有其阴暗的一面（我们都读过便携本的马克思著作）。我们知道劳动力与生产资料、工具、原材料和工艺分离所导致的异化。我们知道被剥削的童工、血汗工厂和零时工合同。然而奴隶制比资本主义黑暗得多，因为在奴隶制度下，黑人的身体是生产资料的一部分，本身即是生产工具。你看，奴隶没有什么可以出售，连劳动力都不属于自己。相反，他们和自己生产的商品一样，也是被买卖、被交易的对象。

女人对这种交易的文化解读要比男人更深刻。当自己的身体或劳动力变成了不被承认的资本时，她们知道这意味着什么。而且，女人深刻理解“确保地位”的本质，即确保稳定、消除风险——沦陷在爱情里的风险、不被瞩目的风险，以及无法实现自我追求的风险。

然而，17、18世纪的殖民商人对那些遥远的土地和原住民造的孽，最终又反过来折磨着我们。马克思用他特有的犀利笔触为之做了总结。他抨击19世纪的资本主义工业化生产方式在贪婪开拓新兴市场的同时，也将“过度劳动的文明恐惧与农奴制和奴隶制的野蛮恐惧嫁接为一”。马克思并未明言的是，我们西方人成了钟表、市场、铁路（后来是公路）的奴隶，成了资本主义物质产品的奴隶，因此，摄入更多的糖、烟草和咖啡就非常有必要了，这样才能在工作的漫长日夜中保持清醒，维持这台恐怖机器的运转，周而复始，不停循环。

随着年龄渐长，Zzz反而愈来愈激进了，这也是我爱他的原因之一。目睹世界上正在发生的事件，他心底常常感到无比伤痛，哪怕新闻都不忍去看。时事拷问着他，就像失眠的疲乏折磨着我。然而，他马上就会整装待发、马力全开，一头扎进时局评论中去。他告诉我，之所以这么做，是因为知识就是力量，凡事要有备无患。我早已不信什么“知识就是力量”之类的话（试看这个荒唐的世界，还有那些无脑的政客吧），不过，我仍然认为，通向抵抗与斗争的道路，唯知识方能铺就。

Zzz 极其鄙夷那些叫嚣着“物质财富越多，则贪婪之欲越盛”的人。于是，半是为了回敬这些论调，半是为了捍卫另一种伦理观，他以自己独特的方式慷慨解囊，甚至到了近乎恣意挥霍的地步。他乐此不疲地为各种志愿组织效劳，比如学校、文艺项目、本地剧院、青少年音乐社团、社区护理所等。此外，他还经常送钱给那些收入不及他的人。他的慷慨旨在移风易俗。正义和平等的失却，是拜金主义滋蔓的结果，他的所作所为便是从后方进行一场宣战。Zzz 拥有后殖民主义的良心，也许，这就是他睡眠质量这么好的原因。

几年前的一天下午，一个伊朗女人敲开了我家的门。碰巧 Zzz 在家，女人向他讲述了她在伊朗的故事。她与伊斯兰专制政权斗争，捍卫自己的教派信仰。她和丈夫都受过教育，他们宣扬宗教多元主义和宽容精神，认为信仰不同的人们实在无须于警戒线两侧互相威胁、咒骂，互相扔烂番茄。她的丈夫，同时也是她的战友，因为这些问题被宣判为国家的敌人，锒铛入狱。她给 Zzz 看了丈夫的照片，他昂首挺胸，用不屈的目光直视镜头，浓密的黑色髭须下，嘴唇的线条凝固着刚毅。她含泪而泣。Zzz 请她入室，给她斟上一杯土耳其咖啡，保证一定会帮助她。他为那女人的阵线捐了一笔不菲的款项，以求营救她丈夫出狱。大约一年后，女人又出现在我家门前，而她的丈夫仍然身陷囹圄。

我想向Zzz分享一首诗，没有其他原因，只是因为他读了一定会很高兴——伊丽莎白·毕肖普的《鲁滨孙在英格兰》。诗中的想象与笛福的小说内容可谓南辕北辙，鲁滨孙流落的荒岛完全是天堂的对立面。不用卖关子——那里没有棕榈树环绕的白沙滩，没有野果的甘甜汁液，没有鸣唱的鸟儿，没有姹紫嫣红的热带花卉，也没有被过路船只搭救的好运。毕肖普笔下的荒岛火山遍布、贫瘠荒凉，几乎寸草不生，是一座终年阴雨连绵的"乌云仓库"，充溢着"山羊和鸟粪"的气味。

除此之外，毕肖普笔下的鲁滨孙是个只知自怨自艾的呆汉，整日不是喝得酩酊大醉，便是两腿悬空坐在火山口的崖壁上，数着一座座沉寂的火山。在这座肮脏、贫瘠的小岛上，任何生物都只有一个品种——只有一种山羊、一种海龟、一种蜗牛，还有一个人，以及一轮炽热燃烧的太阳。浆果也只有一种，颜色暗红，味道酸涩，鲁滨孙拿它酿酒，口感辛辣无比，酒劲直向头上蹿。一旦喝醉了，他就"边喃喃自语边跳舞"，吹起自制的长笛，像一只疯狂的麋鹿在山羊中间跳跃。清醒之后，他又沉沦到"悲惨哲学"中——与启蒙理念恰恰相反。

在这个版本的故事中，鲁滨孙被自己内心的贫乏感压倒了，因为他无法将文明的价值赋予任何东西。他悔恨自己不学无术，对希腊语一知半解，天文学只通皮毛，在学校时努力记诵的诗歌名篇如今也已印象模糊。他羞愧于自己的缺陷。百无聊赖的单调啃噬着他。岛上唯有山羊的咩咩声、海鸥的鸣叫、乌龟的嘶嘶声，这些都让他厌倦。有一天，为了排遣百无聊赖的单调，他用浆果把一只小羊染成红色，而它的妈妈就此不再认它。当“星期五”终于出现时，鲁滨孙感叹，为什么这个野蛮人不是个女人呢？没有性，这是另一种缺失、另一种贫乏。最终，荒岛一点点渗透进他的皮肤，愈来愈深，直至融入血液。噩梦席卷了他的睡眠：

梦到其他的岛屿
从我的小岛延伸出去，无穷
无尽，岛屿之外还有
岛屿，就像蛙卵变为蝌蚪……

毕肖普诗中的道理不言而喻——荒岛延伸下去只能是更多的荒岛。仅凭此，我那理想化的“孤岛梦想”就可以彻底宣告破灭了。失眠缠绕着毕肖普诗中的鲁滨孙，那是一种毒。

我对 Zzz 抱怨，因为缺失睡眠，我双眼感到刺痛，脑子仿佛进了水，简直成了一锅粥。而且，我总是莫名其妙有种想哭的冲动。他说:“我觉得你又该去看医生了。”

“她会给你下点猛药的，改变你的生物钟，调整作息节奏。”

“那样我不就和僵尸一样了吗？整个是行尸走肉。”我说道，同时把双手平伸到胸前，在厨房里冲着他像僵尸一样跳跃。

“僵尸总比变成鬼要好。”他答道。

他有话没说出口：僵尸好歹是现在进行时，鬼却属于过去，但我也猜得出他的意思。

有时，Zzz来了兴致，会追忆起我们的初遇。用他的话来说，让他难以忘怀的是那种仿佛置身电场的感觉——感受到自己鲜活的生命，并且热爱生命，感受到自己的在场、奔涌的血液、鼓噪的内脏、盘根错节的欲望，这一切是如此真实。浪漫的故事，尤其是这种伴有化学反应的邂逅，大抵都是这样，是一种鲜活的生命体，但是，一旦把时间纳入考量范畴，这一化学反应的方程式就产生了诸多变量。哪怕在最持久的情感纽带中，对彼此的兴趣也会被生活中再平凡不过的日常需求消磨殆尽，即使是深刻植根于双方共性之上的纽带也不例外。日常琐事才是生活的基础。

对，你可能会再也接收不到来自电场的花火，不过依据我的经验，这种电流倒不会断供，只是强度有所减弱罢了。

Zzz 和我仍然通着电，和电流的源头保持着连接。

即便如此，Zzz 还是抱怨我近来总是在写作中才“现身”。他的意思是，我只把自己呈现给自己。对此我不做反驳，但我还是想说，所谓“现身”或“在场”，显然与失眠有关。

事实上，我已经无异于僵尸了。我感到皮肤在蠕动，伴随着疼痛，仿佛蛰居在身体中的狼人要撕破皮囊，显形而出。我要低垂着头，才能设法让自己站直。我的眼睛中流淌着呆滞的目光。我对自己很失望。因为缺乏意图，我感到自己变成一团奇怪的污渍、一袋沸腾的糨糊。总之，对于任何能让我们成为人类的东西，我都缺失并渴望着。

不用说，我对所谓的“睡眠辅助工具”了如指掌。失眠与我是老朋友了。我们如爱人般如影随形、紧密结合，也确实经历了爱情的所有阶段，从兴奋，到困惑，到厌倦，周而复始，就像圆缺循环的月亮相位。失眠是窃走我安眠的扒手，也是我的魔鬼情人。我被午夜的清醒折磨得几乎发疯，于是多次求助于助眠药。我用过的品类不胜枚举，大多数刚开始时药效猛如潮水，令我燃起希望，最终却都渐渐干涸。

这些睡眠辅助品如下，排序完全随机：

1. **猫薄荷**，或称缬草根。随便一家草药店的柜台上都能买到，一些别出心裁的健康用品店里也有出售。临睡前你将它沏茶饮下，然后期盼着，期盼着，期盼睡意降临。

2. 天平的另一端，是**替马西泮**之类的化学药剂。这些菱形的宝贝，我几乎是从脸板硬得像石头似的医生那里求来的。他们隔几个月才肯给我开上几片，还颇引以为美德。都是为了你好，他们总是不厌其烦地解释，吃多了小心就上瘾了。最近，我本来间歇性的失眠恶化成了无休无尽的煎熬，于是我开始吃一种叫佐皮克隆的非苯二氮卓类催眠药。它药效极佳，一粒便能将你撂倒在床上睡六七个小时，不过第二天口腔奇臭，像是有只猫在你嘴里撒了一泡尿。

3. **冥想**。不过，一想到冥想尽头那片混沌的空洞，我就会裹足不前。于是，还没开始，我就放弃了。

4. **奈托**，也就是一种盐酸苯海拉明片，属于抗组胺制剂。我已经试了试，现在最喜欢的就是这味药。然而我该选择“一夜一片装”还是“一夜两片装”呢？我也不知道。这件事的困难之处在于，我明知道两片装的那种不值得买——所谓两片只是骗人的，看似药量加了一倍，但药效还不如一片装的；再说，如果非要吃两片，为什么不吃两次一片装的呢？不管怎样，这是我的感觉。

鲁宾·奈曼是一名睡眠医生，虽说他的研究内容让他乍看之下近乎巫医。他感慨道：“睡眠已经从一种深刻的个人体验变成了生理过程，脱去神秘的面纱进入了医学范畴，失去罗曼蒂克的光环，沦为市场的奴仆。”这就是围绕着睡眠指标和失眠治疗的整个产业之所以繁荣的原因。一切不过是变戏法罢了。正如奈曼指出的，“安眠药通过使人忘记夜间的清醒而制造出一种睡眠的假象。它们只是抑制失眠的症状，而无法治愈失眠”。

此外，虽说阿片酊和抗组胺类安眠剂能赐你一夕沉睡，但等你醒来，只会感到腰酸腿沉、头昏脑涨、思路迷乱。这样的睡眠辅助工具不仅不能治愈失眠，还会把一种疾病换成另一种。

听我说了这么多，也许你会觉得写作这本失眠小书已经把我变成半个专家了。基本上我认识的每个人都会向我倾诉他们的睡眠障碍。结果往往没有听下去的必要，因为几乎没有一个故事我没听说过，没有一种药剂我没尝试过，没有一种方法我没试验过，但真正让我痛苦的，是失眠中的数学题：你会无休止地盘算自己失眠了几小时，又意外捡回了几小时的觉，将之记录到大脑中的账簿上。每个失眠的人都这样记录着他们无奈的缺失。也许，最适合我们这群人的集合名词，是“失眠者的数学”。

一个朋友告诉我，每次她在油纸彩印杂志上看到床的照片，就会把它们剪下来。那些床宽大舒适，上面放置了蓬松的枕头，罩着厚厚的羽绒被和絮棉被单，四周有帷幕垂饰，均由锦缎、比马棉、提花布和丝绸织成，简直如同婴儿的襁褓一般。这样的设计，如母亲的素手，如温柔的眠歌，如宠溺的安抚，引你步入安眠。朋友说，这些照片仿佛在召唤着她，每当她难以入梦的时候，就取出这些珍藏的照片，把自己投射到画框里的柔软之中。

她剪藏了很多这样的照片，其中最为珍视的一张，是从游轮宣传册上剪下的。看着这幅照片，她想象自己躺在豪华游轮的床上，船外月光皎洁，黑暗的海面上闪着光辉，岸上景致尽收眼底；港湾如同游轮的子宫，船身轻缓摇荡，海浪温柔拍打，声声入耳，分外怡人。至少在她脑中，一切便是如此。此情此景，不正如身在襁褓之中？

还有一个失眠症患者向我介绍了“骷髅帽”。

“骷髅帽”是一种植物，你若是没试用过，就不要说自己睡过好觉。它还有很多美丽的别名：蓝蘩蒌、黄芩、无檐帽、帽盔花、木麦、癫犬草、癫犬帽、狂草、教友帽、山茶根等等。服用须谨慎，因为它可能对肝脏有害，但酒精不也伤肝吗？我用起来却是随心所欲、百无禁忌。当你陷入失眠的绝望中，感到周身皮肤蠕动，眼球欲夺眶而出，感到头颅要从肩膀上掉下来，大脑皮层瘙痒难耐，浑身冰凉，狂躁不安，于是，你会取来“骷髅帽”，服下一剂，然后睡得像死人一般。

我母亲小时候，晚上会睡在星空之下。他们住在巴格达老城区，连排房舍有着高高的山墙和屋顶。每逢那些热得逆天的夜晚，全家就会拖着薄床垫走上天台，把卧室搬到屋顶。所有陈设依样复制，每个家庭都分得了一块地方，挂起床单彼此相互隔开。母亲和她妹妹共享一个角落的隔间，那里总能听到街上飘来的声音，浑浊而模糊。这种睡眠本质上是集体的，像宿舍，给人心安的慰藉。这就消除了失眠的可能性——如果你醒着，很可能别人也一样未眠。

母亲记忆中的那些夜晚并没有动荡不安的影子。她所记得的，是天幕之上群星闪耀，她和妹妹在被单下兴奋地蠕动，窃窃私语分享着秘密。当八卦说尽后，她们两个会怀揣巨大的惊异，盯着苍穹上那星光闪烁的魔法。她们以屋顶为地板，以天空为屋顶，以微风为墙壁，任沙漠的熏风吹拂梦想，这是什么样的感觉？那一定像是从你的存在中抽去了腐朽的表面，把原始的肌肤袒露在空气中。

我也渴望从肉身中解脱出来，用头顶浩瀚无垠的苍穹充盈我的内心。我无意找寻天使，也不想看到精灵和仙女，更不是要观测星星或外星人的飞船，我所渴望感知与触碰的，是宇宙的混沌无涯，是它无限深邃的黑暗，是鲁米诗中的“爱的乌有之乡”。

法国哲学家加斯东·巴什拉探讨了“外在的无限”与“内在的炽烈”之间的关系，前者冷淡而遥远，后者热忱而笃定，虽然看似风马牛不相及，但巴什拉在《空间诗学》一书中，把两者之间的关系描绘为一种亲密关系，好像敞开灵魂的信任之举就能让我们拥有整个宇宙。《空间诗学》堪称一本宝藏之书，它如一只保险柜，充满智慧的金银珠玉。不知何故，在巴什拉的理论中，身体成为能够容纳世界的容器。就像爱情，让心灵无尽扩展，不是吗?

这是一种与天地同生的体验。你凝视天空时，不仅精神无限延展，甚至每一种尚未激发的潜能都会一一实现，仿佛连时间也受你的指引，奇妙而诡异。似乎世上无不可能之事。这样的感觉，对于一个普通人来说，也许太难承受了吧。

这样的感觉我也曾数次经历，无不是在失眠已到了亢奋、近乎欣狂境地的时候，令我难以忘怀。我感觉自己就像虚空的夜色，对周遭的一切敞开心扉，与流动的宇宙融为一体，但更多时候，情况却恰恰相反：我感到自己被闭缩在了失眠中，它挤压进我狭小的颅腔里，令人窒息的黑暗碾过我的周身。我的卧室就像一个准备点燃火焰的烤炉——一片死寂的空间。

当失眠降临在夜色黏稠黢黑的深处时，你目之所及一片空洞。你感到四周被黑暗咬合，黑暗把你压到床上，抹去了你所有视线。这种压迫令人窒息。

弗拉基米尔·纳博科夫曾把失眠比喻为日焰——他的原话是“烈日灼烧”——因为他享受失眠带来的“踉踉跄跄、慌慌张张、嗡嗡作响”。尽管如此，他还是害怕绝对的黑暗，晚上他坚持把卧室的门开一条缝：“在绝对的黑暗中，我的头就成了无根的蜉蝣，就像灵魂在黑暗的睡眠中溶化一样。门缝里微缈的光线是我唯一能抓住的东西。”

这些天来，让我夜不能寐的是痛觉——这是另一种形式的闭缩。疼痛在臀部聚集，就像雷达屏幕上的中心光点一样稳定跃动，时不时把火链射到一条腿上。这种痛感不断撕扯我的神经，掳走我的专注力。

醒着躺在床上，我感到在黑暗中看不见的身体都变成了臀部，仿佛被褥里的我变成了毕加索画中的女人，身体的各个部分拧成硕大的骨瘤，扭曲可怖。

所以我从床上爬起来。起床是为了逃离疼痛，摆脱浑身的燥热和冷汗（自从步入更年期后我便一直如此），也是为了防止自己磨牙。很大程度上，磨牙是一种无意识活动，随着时间的推移，我的三颗下门齿已经磨损成粉白的残根，牙釉质沿着牙脊裸露出来，像是岩层中的珍贵矿石。有些晚上，因为磨牙，我的下巴会遽然跳动，引发剧烈的疼痛，就像牙医在你嘴里摸索了太久，对着你的臼齿又敲又拔时那样。当我走动时，疼痛就会退场，被其他感觉所取代。于是我站了起来。

无法入睡时，这就是我与清醒和解的方式。

我多想得到童话故事中那样宁谧的睡眠啊，如同中了巫蛊魔咒，慵懒地投入梦想的怀抱，甚至连梦境的侵扰也没有。为了这样的安眠，我愿意倾尽所有。我指的是那片属于银针、魔咒和毒苹果的童话世界，那些通往沉睡天堂的荆棘之门。不是糖，不是香料，不是那种带来快感的东西，它们只会让你愈加清醒。

悖论 1：每一位失眠症患者都知道，你越是想要睡着，就越难以入睡。这看似毫无逻辑的现象，背后的问题却很容易解释——因为你不可能努力地去屈服，或是积极地转入被动。正如威廉·华兹华斯在颂歌《致睡眠》中的自怨自艾：

> 昨夜这样，再加两个不眠夜晚，
>
> 睡眠哪，我没使你降临我身上

看来华兹华斯也久经失眠的折磨。这样苦痛的经历告诉他，你不可能哄骗自己睡着，也不能将睡眠视为你的应得之物：当睡眠被遗忘时，你无法将它诱到自己身边。你不能操纵睡眠，就像你不能操纵元素一样。睡眠取决于服从。华兹华斯自己最终也明白了，它不会听人指令，只能应邀而至。“来吧。”他低吟道。

悖论 2： 睡眠从来都不通情达理。你邀请它过去，它对你嗤之以鼻，你否认它的重要性，它就对你暗地伏击。我们与睡眠的关系本质上是一种战争关系。

古乌鲁克（它也是我祖辈的故土）勇猛而又任性的国王吉尔伽美什是文学史上又一个伟大的失眠者，他赢得了每一场战斗的胜利，砍下了每一个敌人的头颅，面对自己的丰功伟绩，他狂喜得无法入眠。在那部以他名字命名的史诗中，吉尔伽美什像一条饥饿的鬣狗一样窥伺逡巡，他的大脑永远清醒，永远充满疑虑，永远不会满足，总想要得到更多（土地、财富、女人、鲜血……）。毕竟，失眠是贪婪的。在吉尔伽美什看来，这也是一种胜利，唯有这样死亡的暗夜才不会降临。他的世界里只有枕戈待旦的光亮，只有对战斗的渴望，而这些反过来又妨碍了睡眠。你可能会说吉尔伽美什在和自己开战，他真正的战场是自己的内心。

在史诗《吉尔伽美什》中，失眠象征着野心：吉尔伽美什的野心是无尽的，无尽即永无止境，无论是疆域，还是白昼，他都要求无尽无涯。在吉尔伽美什看来，死亡本身只是另一个开端，他渴望像乌特纳比西丁一样长生不老。乌特纳比西丁是美索不达米亚神话中一个类似挪亚的人物。诸神在人间降下大洪水的浩劫，企图灭绝人类，随后又深感后悔，于是赐予乌特纳比西丁永生的能力。乌特纳比西丁适当地考验了吉尔伽美什，命令他“六天七夜”不要睡觉。只有这样，不受欢迎的睡眠才会如不识时务者一般不请自来，把我们暴躁易怒的英雄拽入一场至深的混沌，和普通人一般无二。

说起睡眠的不近人情，我还有话要说。我最近报名参加了一个为期五周的认知行为疗法小组，旨在控制我的失眠症状。忽然间，我就能像以前一样入睡了。这就像预约了医生，却发现一直烦扰你的症状突然消失。

1906年底，两位法国科学家勒内·勒让德和亨利·皮隆在狗身上进行了一系列实验。他们让一组狗连续几天保持清醒，把它们的项圈绑在墙上，以免它们躺下去。然后，他们杀死这些狗，从它们的椎管中提取液体，相信其中富含“催眠素”——一种内发性的睡眠诱导化学物质，经过日日夜夜的不眠不休，已经在狗的体内大量积累。勒让德和皮隆将这种液体注入健康的狗体内，发现它们无一例外都很快睡着了。实验很轻易地证明了他们的预判，于是他们匆忙宣布，他们发现了全新的安眠药，至少他们自以为如此。

我想知道这种所谓的“催眠素”是不是真的。或许它和燃素、以太一样，是被科学假说臆想出的物质存在；又或许催眠素完全属于另一个场域，属于佩罗、安徒生和格林独创的童话世界。

另一位受催眠素学说蛊惑的睡眠研究者是康斯坦丁·冯·埃科诺莫。这位出生于罗马尼亚的医生命名了 1917 年暴发的神秘昏睡病，在随后的十年中，这种怪病导致全球约五百万人死亡。这场瘟疫听起来就像是“007”电影中的恶徒处心积虑营造的劫难，或是若泽·萨拉马戈小说中的桥段。染病的人们毫无征兆地高烧不退，眼前出现幻觉，然后如同中了魔咒般陷入长时间的昏眠，几乎无从唤醒。许多人随后死亡，大部分在睡眠中便撒手而去，但也有人在极度亢奋中病发而亡，临终之际极度狂躁，甚至无法被注射镇静剂。这的确是一种巫蛊魔咒。

冯·埃科诺莫所命名的疾病又被称作“昏睡性脑炎”，这一病症后来成为奥利弗·萨克斯医生的著作《睡人》的主题。1969 年，萨克斯接手治疗了一批该疾病的患者，他们形如活死人，仿佛中了巫蛊魔咒般睡眠，一动不动，一声不响，对周遭的一切漠不关心，彻底与世界隔绝。然而，在左旋多巴的药性下，他们在沉睡了四十年后奇迹般地苏醒，好似童话中的人物被一个吻解除了昏睡的封印，仿佛一切都没有发生过，数十年光阴只是与他们擦身而过。他们醒来后一如往常，依旧聪明机巧、能说会道、热爱生活，满怀期冀地规划着未来。然而，左旋多巴的药性原来终究是暂时的，于是在催眠的魔咒下，他们又一次回到了活死人的境地。

萨克斯的著作中有一位名叫莱昂纳德·L. 的病人。对于那四十年错失的生命，他尽力将之塞入短暂的“苏醒”时光中。于是，他追逐各种各样的感官刺激，吸取每一种味道。萨克斯写道：“周围的一切都让他心旷神怡。他就像是噩梦乍醒、重疾初愈，像起尸还魂的亡灵，像久在樊笼初得自由的囚徒，感受着美丽的世界，为之陶醉不已。”是啊，真实的世界让他醉心不已。走在医院的花园里，他会突然俯下身来，抚摸道旁花草，亲吻它们的柔瓣与枝叶。他会在午夜时分心血来潮，叫一辆计程车横穿整个纽约城，游览这座沐浴在霓虹灯影里的城市，每次回来都兴奋得气喘吁吁。读着但丁的《天堂篇》，他眼中会泛出欣喜的泪光。他对萨克斯说：“我感觉自己得到了救赎，如转世重生一般，浑身舒坦，仿佛得到了上天的恩典。我简直像是坠入爱河了。”

然而好景不长。萨克斯记录到，这种过于充盈的生机很快击垮了莱昂纳德，将他推到了崩溃的边缘。上天的恩典变质为狂躁，继而恶化为谵妄。毕竟他此前沉睡了四十年，这是完全可以理解的。

我被莱昂纳德的疯癫、充溢的生命意志以及蓬勃激越的纵情打动，甚至有些嫉妒。毕竟，谁不曾渴慕丰盈的存在呢？然而，他就像多米诺骨牌一样轰然倒塌，令我久久不能释怀。莱昂纳德醒来后，他的意识愈来愈受到力比多的支配，夜里他常惊吼着从淫亵的梦境中惊醒，白天，他也被肉身的欲望折磨着。于是他满嘴下流言语，对护士动手动脚，乃至旁若无人地自渎。终于，他的肌肉开始出现痉挛，最初是在双眼周围，但很快就发展成“做鬼脸，咯咯怪叫，以迅雷不及掩耳之势伸手抓挠”。他的举止愈来愈放肆，喋喋不休，接着变得难以抑制，不能自拔。接受治疗的第六个星期，他写了一部五万字的自传，其间马不停蹄地打字，精神高昂犹如天上的风筝，但是不到一个月，萨克斯就发现莱昂纳德陷入了抑郁，表现出自杀倾向，凌虐、死亡与阉割的念头在他大脑中沸腾。终于，这一切骤然结束，莱昂纳德又遁回之前的活死人状态，自此之后，他绝少再开口说话。

后来有段时间，莱昂纳德能够吐出几个字。他告诉萨克斯，左旋多巴是魔鬼的药物，如果当初能够选择，他宁愿在黑暗中与沉睡为伍。

冯·埃科诺莫在解剖20世纪20年代因昏睡病丧生之人的大脑时，发现大多数人的脑干中有下丘脑区域损伤。于是，他推测下丘脑是神经系统的睡眠控制中心。如果对下丘脑予以刺激，就可以使人入睡。

在睡眠科学的范畴中，睡美人当然也是罹患睡眠疾病的人。她已陷入百年的昏眠，与死人无异。如果将睡美人的大脑解剖观察，将会有何发现呢？她的下丘脑会因为被迫分泌过度而扩大吗？连上电极，她的脑电波会是什么形状？如果睡眠科学家要在睡美人的大脑中寻找某种神秘的“睡眠物质”或者诱导睡眠的催眠素，他们可能会检测到腺苷或5-羟色胺超常，或生长激素释放素过量（这些激素均会引起困倦），至于在流行医学中神乎其神的褪黑素，就更不必说了。

但是，我可能有些离题了，因为在童话中，这位美丽的公主沉睡的器官不是大脑，而是心脏。

牛津郡的巴斯考特公园坐落于伦敦西北方向八十五英里[1]

1　1英里约合1.609千米。——编者注

处，原是法灵顿勋爵的田产，现在由英国信托协会部分接管。公园的丘峦之上耸立着一幢宏伟的灰色岩质古堡，周围是连绵的意大利式花园。这座庄园的大厅富丽堂皇，摆的是19世纪帝国风的家具，挂的是穆拉诺的吊灯，镶的是金边墙板，就我的品味而言，甚至有些穷奢极侈了。正是在这座大厅，挂着前拉斐尔派后期画家爱德华·伯恩·琼斯的四幅系列画作，描绘了"玫瑰公主"[1]的故事。这四幅画堪称琼斯的毕生之作，因为画作的主题他已构思了近四十年。1890年，这一系列画作面世后，先后在伦敦邦德街的阿格纽公司和汤因比大厅展出，引起巨大轰动。画作色彩绚丽，喷薄欲出，那是森林的绿、宫室的红、宝石的蓝，层层叠叠。奇谲的线条蜿蜒而上，在画板上踏出慵懒的舞步，穿过缠绕的荆棘与议事厅中卷起的帷幕，将游客的目光引至公主安寝的闺阁。观众为之迷醉，为之晕厥，为之倾倒。演员埃伦·特里看到这幅画，禁不住潸然泪下。

另一位游客称，这幅画让他"目眩神迷"。他回忆道，自己永远不会忘记那群"衣冠楚楚的仕女"，她们静静坐在画面前方，"纹丝不动，不禁让人遐想，仿佛她们也被巫蛊

1 "玫瑰公主"是童话《睡美人》最初的名字。——编者注

“玫瑰公主”系列画作

魔咒催了眠，成了睡美人”。

呵，可怕的毒针，对此我很熟悉了。自从记事起，它就栖息在我的记忆之中。我父亲是一个裁缝（这种职业不啻换装易形的魔术师，换言之，也让他成了某种巫师），家中虽然没有童话中的毒针，不会刺破我的手指让我陷入昏眠，但地毯的缝隙中总会有数不清的缝衣针，那是父亲无数个日夜缝缝补补的遗留物。你可能会觉得，这对整天光着脚丫跑来跑去的孩子只是无害的小危险，但是，我每一次被针尖刺到，不知所措地盯着脚跟上渗出的小小血滴时，都害怕会有恶灵被释放出来。

对于睡美人，我一直存有一种幻梦，它模糊了我的视线，在我眼前罩上层层云雾，就像白内障一样遮蔽了我对她的真实观感。倘若我告诉你，我之所以来到巴斯考特公园，就是为了祛除这种幻梦，你会做何感想？

也许是饱受失眠折磨的结果，曾经在我眼中，沉睡中的美人可谓完美的象征，那是一种可望而不可即的理想，一种连我自己都说不清道不明的无上之美。然而此时此刻，站在描绘睡美人的名画前，我却丝毫不想和那些锦衣华服的维多利亚女性一样，被带往童话中凝固的睡梦世界。我只想清醒着。伯恩·琼斯的画中弥漫着催眠的元素：婢女躺在井边小憩，抑或伏在织布机上安眠，徒留“飞梭虚静张”[1]。站在画前，我与画布中溢出的睡眠诱惑抗争着。睡梦中的公主安然静卧，更显楚楚动人，但我全然无法对她产生共鸣。她不再是一个人，而是变成了一样礼物、一根导管，或是一把钥匙，总之，她没有自我，为了其他的存在而存在。

到此为止，我很高兴能停止这番重构睡美人故事的痴言呓语。记得儿时读童话，唯一俘获我心灵的那位公主也是一个失眠的人——即使身下的被褥摞了一层又一层，她也依然无法入梦。表面上看，她之所以难以入眠，是由于高贵的出身让知觉感官过于敏锐，连层层褥子下的一颗豌豆都让她如卧针毡，但我很清楚，这位公主只是一个平凡又造作的小女孩而已。在我看来，所谓“出身高贵”无非是用来装点神经衰弱的惯常溢美之词。

再者，睡眠的美妙之处，并不在于身体静止。事实上，睡梦中我们的身体绝不会像雕塑般优雅静默。如果你在床顶的天花板上装一个摄像头监控，那么第二天你就能欣赏到自己的夜间舞姿了：你会滚来滚去、舞拳踢腿，有时缩成一团，有时铺成“大”字，有时咳嗽，有时打鼾，你还会自

---

1 原文为“restless shuttle lieth still”，出自伯恩·琼斯的好友威廉·莫里斯为其睡美人系列画作所写的一首诗“For the Briar-Rose”（《致睡美人》）。——译者注

慰，还会做梦。我们的睡姿既不优雅，也不安稳。

巴斯考特公园之行为我开启了一道记忆阀门，然而其中流淌的却是乖戾、愠怒、串谋与欺昧。小时候，我无法容忍睡眠这件事，一想到被吞噬万物的睡眠所支配的恐惧，我就瑟瑟发抖。于是，我绞尽脑汁想出种种办法来躲避宵禁，每次都换一个新借口，花样百出。灯光熄灭后，一场小小的反叛就爆发了。那时我六岁，白天我可以尽情嬉戏、探险、和朋友玩耍，或是沉浸在思考中，大脑像汽水般嗞嗞冒泡，而睡眠则是诅咒，它降下帷幕阻隔了白日的欢快世界。它是一种惩罚（正如手电筒是我的朋友）。于是，我躺在狭窄的床上翻来覆去，不断抵制睡意，即使弄得自己困倦不堪，也誓不屈从于睡眠的魔掌，或者干脆等睡意渐渐消失。若睡眠想要我臣服，它也只能看准机会，侥幸取胜。

伯恩·琼斯创作睡美人系列画作的那个年代，很多有太多话想说、太多事想做的成年女性却不得不躺在床上。活跃的精神状态让脆弱的神经难以为继，她们被诊断为患有歇斯底里、抑郁以及神经衰弱。医生给出的处方通常是强制她们休息。这些女性许多患有失眠症，有些则厌食，还有些有自杀倾向。社会的规约把女性赶进为人妇、为人母的畜栏里，剥夺她们做其他事情的权利。她们在社会规约前畏缩不前，而紧张的精神状态、失眠、绝食（在别人抹杀你之前就自行了断），都是反抗的形式。

关于睡美人，还有一件事我在孩童时期就已明了：睡美人之所以陷入被诅咒的昏眠，乃是由于丑恶的嫉妒，因为丑恶被弃绝于美善的圈子之外。当时我还不清楚这为何会令我不安：但若没有丑恶，生活就会变得单调而乏味，就像魔咒下的长眠一样枯燥无味。

近来很多“丑恶”向我和Zzz袭来——多位朋友英年早逝，长辈饱受衰年病痛折磨，家中亦不太平，我们争来吵去，各自都留下了深深的疮疤。不过，这些事情也催生了我们灵活处理问题的能力，此前我们都不曾意识到这一点。它拉近了我们之间的距离，也教会了我们一件事——试图抵御生存伴随的苦痛实在毫无意义。

“无论顺境还是逆境，富裕还是贫穷……”，这不正是同时拥抱美善与丑恶的另一套说辞吗？不过我和Zzz从没有想过要做这样的山盟海誓。我们认为只要铺好婚床，扎根其上，就已经足够。

你可能已经猜到了，的确有这么一张床，Zzz将它买来，向我敞开他寂寞人生的门扉。他还顺带买了一张丝涟牌床垫——他告诉我时的语气不无沾沾自喜——光是床垫就花了六百美元，这在当时无疑是一笔巨款。那时他刚从上一段夭折的婚姻里走出来，在旧金山附近的帕洛阿尔托市租了一间小工作室，逼仄狭窄，仅这张床就占据了一半空间。我在那张床上总能酣然入睡，Zzz 却做不到。那时我们只能时断时续地相聚，每隔几个月就飞渡大西洋，潜入对方的世界，享受几周炽热而局促的共处时光。现在，我已在他那里定居。为了顺利适应新环境，我带去了全部家当——藏书和油画，满满两箱衣服以及其他一些杂七杂八的东西，比如走时准确的挂钟，一台破旧斑驳、可谓“饱经风霜”的咖啡机，还有几条毯子，将自己连根拔起。我过去后，将原来的家居陈设搅了个天翻地覆，Zzz 也说不清楚新布局究竟适不适合他。

我还记得哪些初到帕洛阿尔托时的事呢？说实话，我的印象并不深刻，因为没住一个月我们就搬进了旧金山一栋稍宽敞些的公寓。小小的闹市区密布着当地风味的饭馆，当你步入其中，蒸腾的热气、缭绕的香味笼罩着你，散发出浓郁的大蒜和香草气息，我仍然记得，彼时的自己觉得这一切是多么有趣。Zzz 工作的时候，我只能反反复复独行于那几条熟悉的街道，心中涌起从未有过的孤独。精品店是我常去的，那里的玩意儿很是精巧，但大多价格昂贵。我会和店员攀谈，尝试去熟悉西海岸的口音腔调，让自己在异乡获得些归属感。

另一件事情至今回忆起来仍觉温馨。那是在一家老式乳品店，我们坐在一处人造革镶边的朱红色卡座里，Zzz 对着我微笑，虽说甜点还没上，手中的勺子已经蠢蠢欲动了。塑料座椅粘住了我的大腿，站起身时发出轻微的响声。女服务员穿着素色褶边围裙，发髻高耸，故作忸怩的长卷发略显凌乱，仿佛 20 世纪 50 年代情景喜剧中的角色。置身于此，仿佛穿梭了时空，又好似云游于世外，让我感到双重的惊喜。Zzz 点了高杯水果圣代——不知道在美国叫什么，总之是差不多的东西。它像一只比例浮夸的冰激凌船，满载着几大勺乳冰，铺着整只香蕉，洒满了五颜六色的甜品碎屑和跳跳糖，还有奶油像履带一样盘旋环绕，煞是好看。我拿勺子挖开了一侧，Zzz 挖向另一侧。我的吃相怕是豪放得像绿林好汉。嗯，为了英格兰，吃!

帕洛阿尔托还有一家颇负盛名的艺术电影院。它曾一度濒临倒闭，多亏一位惠普公司的创始人（我忘了具体是谁）出面力挽狂澜，才免于土崩瓦解。这里曾经发生过一桩奇事：电影正上映时，正厅银幕下忽然站起一个人来，用沃立舍牌风琴弹奏一支曲子。影厅摇曳的灯影仿佛在为他伴舞。他蓦地回过头来，扫视着目瞪口呆的观众，咧嘴露出疯狂的笑容。

那音乐，像极了我和 Zzz 从未享有过的诙诞婚礼小夜曲。

在一起的二十年间，我们时常试图一觉醒来，就向对方展示一个不一样的自己。曾经有一次，我们住进了一间新卧室，位于巴利阿里群岛上的一座乡村庄园。庄园已经有几百年历史了，曾经有一个橄榄油作坊，现在摇身一变成了米粮店，而我们的卧室就是米粮店的配房。房间的装潢实在说不上好，笨重的四柱床上没有帷幔，抬头便能看到撑住屋顶的椽子；家具沉重，都是黑木材质，还有一只存放亚麻织品的衣柜，式样极适合做新婚嫁妆。这是一间一成不变的卧室，楼上的住户用洗手池时，水声总会回荡不绝，好似壁橱里下了暴雨一般。Zzz 单耳失聪，他第一回听到这声响时，还以为是听到了危险警报，但知道这异响从何而来后，每回壁橱“下雨”，我们都会敞开橱门，然后爬回床上欣赏这壮丽的声景。“雨声”在房间中淅沥不绝，仿佛在告诉我们要学会苦中作乐。

作家夏洛特·帕金斯·吉尔曼曾写到，在 1887 年春天，她住进了希拉斯·威尔·米歇尔位于费城的诊所，“强制卧床，不准起身”。希拉斯·威尔·米歇尔是一名内科医生，他在治疗美国内战中“神经受损”的士兵时，发明了一套日后恶名远扬的静养疗法。后来，他把这套疗法用在那些自感神经失调的女性身上，并且有所增补，除了严格要求她们卧床调养之外，还采取了按摩、电疗与高脂饮食方式。他坚持让女性病人在接受治疗的前十天里，只能像婴儿一样喝牛奶。

以下是威尔·米歇尔静养疗法的要点：“我不允许病人从床上起身，做缝补、写字、看书之类的事，除了刷牙之外，任何需要灵活用手的活动一概不准……病人卧床时我会安排别人解决她们的大小便问题。每天早起后与临睡前，病人会被抬到长椅上躺一小时，等整理好了床铺，再把她们放回去躺着。”而帕金斯·吉尔曼进入诊所前夕的日记却是这样写的：“精神的疲惫让我满脸病容，我觉得我的脑子也出了问题。没人知道在过去五年里我经历了什么。痛苦，痛苦，还是痛苦，痛苦到我的思想都放弃抵抗了。”二者文风的差异何啻天渊，背后，是两个水火不容的世界。

你也许已经猜到了，静养疗法丝毫未能缓解吉尔曼的痛苦，不过好处也是有的，就是将她从现实生活中暂时抽离出来：她的婚姻不幸福，也做不好母亲的角色，这些事一直困扰着她。静养疗法的确给予了她一个安全空间，甚至她自己也认同这对病情起到了缓释作用。她承认，只要能刺激病人将来行动，静养也并不是坏事。

不过，吉尔曼疗程结束，被送回家后，症状反而加剧了。几年后，她把静养疗法差点让自己精神失常的事写进了自传。好在她毕竟还是没有疯。但是，为了“纯粹宣传”的目的（也是为了鲜明的女性主义），她决定，让短篇小说《黄色墙纸》中同样神经衰弱的女主人公最终疯掉。

我们不知道《黄色墙纸》的女主人公姓甚名谁，只知道她也经历了骇人的静养疗法。治疗期间，她被关在一间阁楼里，被迫卧床休息，独对一张可怖的墙纸。在她眼中，墙纸上有着“狰狞的眼睛”，可怕的涡纹像“折断的脖子”。于是，她陷入了纷乱的幻境，看到曲线盘旋缠绕，在她眼前拧成一片铁窗，里面有一个鬼魅般的女人挣扎蠕动着，试图挣脱而出，但始终无法逃离，只能来来去去匍匐爬行。最后，女主人公加入了这个女人的行列。她撕碎了墙纸，在地上匍匐蠕动，摸索逃亡的出口。静养疗法彻底击垮了她。

威廉·莎士比亚在遗嘱中给妻子安妮·海瑟薇留下了一张床，那是他“第二好的床”。我们不知道最好的那张床给了谁（可能留给了他的女儿苏珊娜），也不知道莎士比亚婚姻的感情基础如何。

女权主义学者们对这份遗产背后的意味争执不休。有些人替安妮打抱不平——莎士比亚没留给妻子最好的床，意味着对她的感情也不过尔尔。他们说的或许有理，因为依据史实，婚床是英国家庭中最重要的财产，一般也是最价值不菲的家具。不过当然，或许这些学者太拘泥于遗嘱的字面意思了。

婚床象征着夫妻双方对彼此绝对的信任，这是佩内洛普婚姻观的核心。当奥德修斯乔装打扮、隐姓埋名回到伊萨卡岛时，她疑心重重，怀疑这个男人究竟是不是已离家出征二十年的丈夫，于是决定考验他一番。她命令女仆把床挪到房外的露台上，好让这个男人晚上睡得好一些，但那张床其实是不能移动的，是奥德修斯以前在一棵橄榄树上雕出来的，而树正植根于整栋房屋的地下。她故意让奥德修斯听见她对女仆说的话，目的就是让他意识到自己所面临的危机：移动了这张床，树就会死去，而这也意味着终结他们的婚姻——床不能动，否则整栋房子就毁了。

于是，夫妻间的权力关系立刻发生了逆转。尽管佩内洛普对奥德修斯身份的犹疑说明她对丈夫缺乏信任，但通过挪床这件事，她巧妙地将证明身份的难题转移到了奥德修斯那边。于是，不再是奥德修斯考验佩内洛普是否忠诚，而是佩内洛普在考验奥德修斯（测试他在外流浪多年后，能否一眼认出来自己的婚床）。

在一些古典学者看来，通过婚床进行考验进一步坐实了佩内洛普工于心计，但佩内洛普自己也十分迷茫——艾米莉·威尔逊最新的英译本《奥德修纪》中这样写道：“她为就坐在她身旁的丈夫而哭泣。”既然思考不出结果，她就选择付诸行动。在我看来，佩内洛普朝思暮想了整整二十年，终于要守得云开见月明，因此她的情绪无法自控，就像被压抑的荷尔蒙一般，疑虑和不安冲击着她的内心，一直支撑她的希望也随之泄了气。

诗人史蒂芬·库什曼发现，婚床的意蕴在不断转变。这一点无疑非常重要，但也同样令人费解。他写道：“看，这黑夜的残骸。”邀我们一起想象这“因爱而凌乱的衾枕”。当然，也可能不是因为爱，而是因为焦虑的失眠：“在广袤的失眠沙漠里，惊慌将宁静化为碎石瓦砾。”库什曼没有进一步做出解释，但写到床——这“婚姻的港湾”——变得凌乱不堪时，他建议我们将其重新铺整，并在过程中从容审慎、耐心细致，甚至要将这项使命神圣化，像上帝造人或挪亚存种一般，男女搭配，以确保迎来大洪水后的新生。

在库什曼看来，婚床本身就是一艘挪亚方舟——一份被神赐福的契约，为红尘男女祝圣。收拾整齐婚床，即重组我们的世界，而夜晚将为其见证。

在巴斯考特公园，一再吸引着我目光的，是伯恩·琼斯画中英俊的王子——那一系列画作中唯一清醒的角色。第一幅画中，蔷薇丛中荆棘密布，盘根错节的枝干上挂满了扭曲的尸体，那是先于王子来到这里的人们，等待他们的只有死亡。王子做骑士装扮，披坚执锐，在林丛中四处搜寻，思索着如何“击醒这个沉睡中的世界”。请注意，王子唤醒世界的方式并不是轻轻一吻，也不是温柔怀抱，他只想弄出点动静，像吉尔伽美什一样震醒这地狱般的世界。

或者，这世界还可以用伯恩·琼斯和他的政治盟友威廉·莫里斯的方式唤醒。提起伯恩·琼斯，人们多半会低估他的地位，只是把他当作渴望逃离现实世界、回到神秘过去、活在童话故事和亚瑟王传说中的空想家或幼稚的理想主义者。然而事实是，正是他筚路蓝缕、身为先驱，发起了当时一场艺术与观感的革命。同时，莫里斯（即我在前文引用的诗句“飞梭虚静张”的作者，在这首诗中他哀叹沉睡世界的岑寂，呼吁王子去“击醒这个世界”）也将自己的命运与被剥削的无产阶级联系在一起。他们二人都承认，陷入被诅咒的睡眠之中，也就没有梦境可言。而倘若没有梦想，如何能为这世界畅想一个更美好的未来？又如何能煽起革命的激情？

我参加的认知行为疗法小组里有十五个失眠症患者，症状五花八门。有一位男病人谈吐不凡，颇有浪漫主义诗人的气质，但稍有些驼背。他面无血色，双颊瘦削，夜晚极度兴奋，完全无法入睡。还有一位女病人老是在办公桌上打瞌睡，却通宵达旦地上网追剧。另一位女病人的情况我不清楚，她双目赤红，看上去惴惴不安，每次请她分享一下个人经历，她都会哭起来。也许我们都是受挫的革命者，战斗到精疲力竭，像吉尔伽美什一样感到厌倦，却缺乏他那种激昂的气魄。我的意思是，治疗小组那间房里的能量就如一瓶放了好几天的啤酒，早泄了气了。

真希望查尔斯·西米克能听到这句笑话。现在，我也跌跌撞撞地闯入他的“失眠者集会”了。然而，比起西米克笔下的盛景，我们这群人要寒酸得多。我们没有舞厅，也没有准备献上华丽致辞的登台者，只有一间医院里的小会议室，椅子是那种再寻常不过的蓝色办公椅，坐垫上起了一层毛球；点心也不过是廉价饼干和含糖饮料。这种地方倒是很适合我们这些互不信任的点头之交，在彼此的试探中建立一些同志情谊。我们就像行尸走肉一般，围成一圈坐在这间房里，抑制着咆哮的冲动。

在治疗小组中，我们学习了睡眠的原理机制，学习了如何进入睡眠，学会了在日记里记录自己的睡眠情况，还了解了一些睡眠养生法。所有人都拿到了助眠食谱。

我在治疗小组里分享了最近读的塞缪尔·佩皮斯的日记，其中记载了他的夜间冒险，不过只局限于卧室之内，并不算放浪。

佩皮斯记述了他与世界保持联系的方式。平时无论阅读还是听音乐，他都在床上进行。若有客人来访进餐，谈得投机，误了回程的时辰，他也会屈尊留宿，与客人连床夜话，再续高谈。即使是理发，他也足不出户，让一位他颇信任的女仆为他修剪，时不时还会对她动手动脚，而她也唯有隐忍。他和妻子也是床头吵床尾和，两人相处融洽的时候，他会在月圆的夜晚对妻子讲起天文学的常识。月亮如被剥出的眼球，警惕地凝视着他们。

睡眠养生学认为床只该用来做两件事——睡觉和做爱，而佩皮斯在床上做的显然太多了。他无疑违背了养生学的每一条金科玉律，但是那些恪守准则的人，日子岂不是无趣而枯燥？

若依照睡眠养生学的观点，我和 Zzz 完全不适合睡在一张床上，我喜欢睡觉时开着窗户通风，而他则要关着，否则窗外人行道上的脚步声、鸟儿的啁啾，还有汽车的鸣笛，就会传进他那只尚有听觉的耳朵。我想要完全沉浸在黑暗之中，他却要开着房门，理由是要让空气对流，这样我在室内就能呼吸到外面的新鲜空气了，但是这样一来，楼梯间的灯光也就泻了进来。我感到冷的时候，他觉得燥热无比；他常常看书到深夜，而我总是看着看着就睡着了，书本砸到脸上；我睡着了偶尔打鼾，他总是用手肘把我戳醒。然而爱让我们能彼此谅解，让我们无论在睡眠上还是在生活上都学会适应对方。

现代医学治疗失眠的方法是限制睡眠，与静养疗法恰恰相反，后者像一通胡吃海塞的过分滋补，而前者则像刻意节食，让你对睡眠如饥似渴。你也许会问，是怎么个“节食”法？首先，你要清楚自己的“睡眠效率指数”——这个神奇的指数是你真正睡着的时间除以你躺在床上的时间，以此计算出你需要的睡眠。我的睡眠指数是63%，因此为我制订的睡眠方案十分严苛，我平均每晚睡觉的时间不得超过5.6小时，并且一连四周都是如此。医生鼓励我们在日记中记录睡眠状况，我都事无巨细地照做了。只有通过适当的睡眠保健活动将我的睡眠效率指数提高到90%后，医生才允许我每晚增加15分钟的睡眠时间。

对失眠症患者来说，剥夺他们本已匮乏的睡眠是一种折磨。失眠治疗师只知道数字——睡眠效率、深度、时长，只知道统计两段浅睡眠之间又醒了几分钟。然而，正是这种统计数字让失眠症患者难以入睡，对此他们却置之不理。若不将这个问题加以考量，治疗师就与施虐者无异。

睡眠专家对此也充耳不闻。他们只会随便抛出一些认知方面的建议，用以评估失眠症患者的精神状态。至于患者挥之不去的那些阻碍睡眠的纷纭杂念，他们通常的做法是采用“阻滞物”与之对抗。其中一种阻滞物是一段沉郁低回的音频，诵念的“啊啊”声延绵不绝，让病人忍无可忍，好似在对大脑呵斥“给我闭嘴”。然而这“啊啊”声有节奏地重复着，安静而神秘，又有种内在的魔力吸引着你，徘徊于熟悉与陌生之间，进出于不可知之境，正如某种无意义滋养着失眠。

此外，侵入大脑中的纷纭意念只是助燃失眠之火的因素之一，其他因素则更难以名状，也更难以驱散。它们如天马行空般，自顾自地漫游于日常的平凡琐事，在夜间不断反刍白日的烦扰。虽说那些事压根不值得反复思量，却常在半梦半醒之间纷至沓来，如一群手挽着手跳康康舞的人，鼓噪在你睡梦的边缘。这感觉完全不受意识的控制，却足以让人意识到它的存在——踢踏、踢踏、踢踏——你只得任其摆布，默数着无眠的时间。

失眠时，我的思绪常常陷入这种咀嚼烦扰的境地。我脑中会涌出歌曲的片段，旋即又与软文标语无缝衔接，蹿出了儿时的回忆，然后又砰地弹出了以前曾浮现过的想法、在网上看到过的东西，或是别人告诉我的事情——接着，它们再次蠕动盘旋于我的脑中，难以捉摸，毫无逻辑可言。没有什么比这天马行空般的意识流更无益于安眠了，但我却无法让它消停。横流的思绪像水刑，一滴又一滴，窒息着我的神经。

我们都知道，每个人体内都有一套生物钟，会根据温度、光线、褪黑素等因素的变化对生理节奏做出调节。生物钟只有两种基本模式，即清醒与沉睡，与白日和黑夜大致对应。然而失眠症患者体内的生物钟却失调了，这可能是褪黑素分泌不规律引发的。当生理节奏与昼夜轮转不相协调时，你不时就会在不该打瞌睡的时间犯困，而夜间又很清醒，仿佛是在自己的时区里倒了个时差。严格来说，生物钟并不是记录时间的工具，而是记录睡眠的工具，守护着我们每个人的睡眠。

每当想起失眠那恣肆跋扈的模样，我脑海中便会浮现这样的画面：“失眠先生”坚守着舞池，穿得花里胡哨，露齿笑着，直到所有人都已精疲力竭，倒成一片或回家休息了，他仍独自嗨个不休。已经很晚了，你巴不得酒吧早点打烊，但“失眠先生”正玩得尽兴。他对任何一首曲子都能唱起来，他连蹦带跳，纵情旋舞，高声欢呼，如痴如醉。更可怕的是，“失眠先生”的舞跳得实在糟糕至极。你的身体仿佛灌了铅一般，眼前一片朦胧模糊，除了睡觉再没什么别的想法，但你必须忍着——这个嗑药上头的土鳖舞得正嗨，没有一点停歇的迹象。他眼中闪着狂躁的光，活脱像个小丑。不过更惨的是，他根本不按节奏跳舞！

我也一样，没有了任何节奏。进入更年期之后，我已经习惯了没有规律的一切，比如激素失调、例假紊乱，当然，也失去了昼夜作息的规律。

除了生物钟，睡眠还受到其他节奏控制。人体控制睡眠的机制太过复杂，最好通过图表解释清楚，比如脑电波图，即大脑悄无声息地引导我们入睡时显现的电波轨迹。此时，波形从 β 波变成 α 波，继而变成 θ 波，最后变成 δ 波 。脉动的波纹如同兽爪的抓痕，在脑电波图上连绵起伏，标志着深度睡眠的降临。在陷入睡眠的临界点上，也就是标志着无知觉的 δ 波出现之际，脑电波图上会浮现出一两个突兀的斑点，仔细一看，你会发现那是几段 θ 波集聚在一起，形状恰似缠绕着纱线的纺锤。看到这里，我不禁心生欢喜：若不是这些“睡眠纺锤”的出现，睡意也不会袭来。因此，或许每一次睡眠终究都是我们难以理解的巫蛊魔咒下的安眠。

然而异相睡眠[1]除外。这种睡眠不仅不安稳，而且有悖于常识。在异相睡眠中，身体已经熟睡，而大脑却处于半梦半醒的状态。我们之所以会遽然从噩梦中惊醒，会在美梦最好时被驱逐出境，甚至罕见地做一场清醒梦[2]，都是异相睡眠的结果。然而，异相睡眠并不能解释做梦的时候，大脑为什么会像抢银行一样洗劫无意识的意象仓库，在被压抑的记忆与欲望中扒取素材，作为梦境中的演员和道具，继而将它们编织在一起，形成自主发展的故事，而最后这幻境又消弭于无形。大脑为何会这样走马灯似的自娱自乐，异相睡眠并不能解释。

1964 年 10 月，弗拉基米尔·纳博科夫决定在日记中记录下自己的梦境。每天早晨他一醒来，便立刻在遗忘的边缘抢救回梦境碎片。接下来的几天，他会在身边尽力寻找一切与梦境相涉的事物。纳博科夫的目的，是测验“梦境有预言

---

1 异相睡眠：又称 REM 睡眠，在此睡眠阶段中眼球会不由自主地快速移动，大脑神经元的活动与清醒时相同。它是所有睡眠阶段中最浅的。——编者注

2 清醒梦（lucid dream）是在意识清醒的时候所做的梦，又称清明梦。该词首先由荷兰医生弗雷德里克·范·艾登在 1913 年提出。清醒梦跟白日梦并不相同，清醒梦是做梦者于睡眠状态中保持意识清醒；白日梦则是做梦者于清醒状态中进行冥想或幻想，而不进入睡眠状态。——译者注

功能”这一理论——梦境不只是日常生活碎片的重新排列组合，不只是对记忆的仓储、对压抑在内心深处的心魔的挪用与拼贴，还能产生未来的幻象，把我们每个人都变成先知。

纳博科夫此举，是受到了当时标新立异的英国航空工程师约翰·W. 邓恩的影响。20 世纪早期，邓恩提出了一个非主流的时间理论，并写下一系列晦涩难懂的著作对之进行阐述。书中满是咒语般的公式和令人抓狂的图表。一位研究纳博科夫的学者对这一理论做出了精辟的总结：该理论假设“时间并不是线性前进的，而是循环递归的。我们之所以没有注意到时间的逆流，是因为我们没有留意”。1964 年，纳博科夫开始留意这一现象，并记录了几件他命名为“前失忆复归”的事件，即他无意中做了一个梦，刚好预言了醒来之后发生的事情。和邓恩一样，纳博科夫也认为梦境是一扇任意门，不同时间的经历，在梦境中得以瞬间传递。

梦境是个混乱的世界，这里时间可以无限延展，也可以逆流，遁入潜隐的循环之中。梦境之于时间，就如同虫洞之于空间。梦境与虫洞都是一种奇点，虫洞湮灭了流入其中的物质的维度，而梦境则抹去了它们时间的线程。那么失眠是不是也可以被看作这样一个奇点呢？如果是的，那么除了睡眠之外，还有什么东西也陷入了这个奇点之内并堕入万劫不复之境呢？是内心的平和，是精神的稳固，还是人的尊严？

在罗贝托·波拉尼奥的小说中，两地之间错综复杂的边境无数次将人掷入精神危机。虽说他写的是得克萨斯州和墨西哥的边界，但实际上可以代指任何地方，也包括白日和黑夜的边界。边界非此非彼，那是一片无人地带，唯有巡警和刺客出没。在这里，你脚下的土地都被鲜血浸染，向地平线眺去，弥望的只有“肆虐的风沙”——那是一处“纤小的梦境”。波拉尼奥说，这样的地域（或是心理空间）令人望而生畏，他称之为“对心灵的驱逐”。

关于梦，还有另一种理论，即梦具有社会属性，也就是说，所有人都拥有一些共同的梦境模板。这一理论显然脱胎自集体无意识中孕育的神话原型（感谢荣格的理论），但显然也与20世纪30年代夏洛特·贝拉特发现的集体性创伤经历有关。贝拉特是一个犹太人，彼时，她还是一位年轻的记者。她常常梦到自己“身陷重围，被枪击中，被人折磨，被剥去头皮”。她认为自己的犹太同胞也一定和自己一样，梦境被日常的恐惧与焦虑渗入。于是她采访同胞，并报道了这些梦境。贝拉特此举迅速引起了共鸣，得到了“一加一大于二”的力量。她的结论是，生活在纳粹极权统治下的人们，由于极度恐惧失去自由，便会做彼此类似的梦：“当夜幕降临，他们白日里所目睹的暴行，便在梦境中移形换位，再度重现。”

在贝拉特的记述中，一位女士梦到每条街上都张贴了大字布告，罗列着禁止使用的词语清单，第一个词是“上帝”，最后一个词是“我”，于是，神与自我都不复存在了。还有一位男士梦到自己正在公寓中安静地阅读，忽然间房间的四壁消失了，接着整栋公寓也消失了，然后高音喇叭声传来，纳粹宣布，从此之后任何墙壁都不允许存在。他告诉贝拉特：“我惊恐万分，抬头看去，所有房子的墙壁都消失了。”贝拉特认为，这样的梦境之所以会出现，是因为做梦者是极权主义统治中的反抗者。这个梦植根于对纳粹的蔑视，使得做梦者能够游离于集权之外，保持理智的清醒。这也就是当时人们所谓的“内心移民”。

1938年德奥合并[1]后，贝拉特将这些记述以圆点代码的形式转写在小卡片上，秘密带出了奥地利。这些梦境有一个共同的特征——家庭空间本是个人隐私的庇护所，在梦里却成为被监视的所在，弥漫着恐怖气氛。你会梦到台灯能听懂人说话，转头就把你告发了；坐垫也会告发你；座钟在暗中偷窥，伺机告密。还有一个人梦到她家中起居室里的烤箱

1 德奥合并：指1938年3月纳粹德国吞并奥地利第一共和国。——译者注

“用尖厉刺耳的声音重复着她和丈夫控诉政府的每一句话”。这些，是妄想症无疑了。

妄想症的机制与失眠如出一辙，只是症状出现在白天。当症状日渐严重时，必须采取紧急措施。妄想症不是“内心移民”的表现，恰恰相反，它是“内心撤退”的流露，它使人们麻木不仁、助纣为虐，对身边的暴行视而不见。此外，“内心撤退”还可以迷惑当局。有一位女士梦到自己“为保险起见”，用俄语和人交谈。然而，她根本不懂俄语。不过，如果连她都不知道自己说了什么，那政府就更听不懂了——由此可见，在无意识的梦境之中，她找到了应对法西斯的秘密伎俩，那就是让对方不知她所云何物。这正是“内心撤退”的表征之一。

1966 年，贝拉特梦境记述的英译本结集出版，布鲁诺·贝特尔海姆[1]为之作跋。他评价道，那些梦境是纳粹的胜利，政府正希望它的敌人（犹太人）做这样的梦。这些梦所揭示的深层心理业已昭然：奋起反抗是不可能的，因为他们属于堕落卑下的劣等民族，只有服从才是安全之举。梦境呈现了他们心底的真相，吐露了他们没有意识到也不愿意承认的事

1 布鲁诺·贝特尔海姆：美国心理学家、精神科医生。他是出生于奥地利的犹太人，1938—1939 年被囚于达豪和布痕瓦尔德集中营，后移居美国。——译者注

实。贝特尔海姆说，以此观之，纳粹就像麦克白一样，“谋杀了睡眠”[1]。

我也能够谋杀某些睡眠，甚至不惜以面对心灵的诘问为代价。事实上，正因为这种代价，我才会谋杀了睡眠。每个人的内心都潜藏着黑夜的因子，那是一片无法穿越、不可捉摸的黑暗区域，类似弗洛伊德所说的“梦的脐部”。弗洛伊德创造了这个术语，用以指涉拒绝阐释之物中那个无从破译的症结。

有一晚我像中了枪似的从噩梦中醒来，而梦魇却不肯散去，如毒气般从我头颅中溢出，弥漫在房间的各个角落。我在黑暗中窥视，眼前的一切似乎都挥舞着锐利的刀锋。家具阴森森地耸立着，蒙上了骇人的氛围，连窗帘也鬼鬼祟祟的，一片杀机四伏。在灰暗的光线下，Zzz 的轮廓也变得棱角分明，仿佛美杜莎趁着夜色潜入了房门，在他翻身的刹那把他凝固成一尊冰冷的石雕。尽管 Zzz 就在床上，但他不在身边的感觉却从未如此强烈。我看着他，找寻着他，犹如望向一片深渊。

1　麦克白弑君后精神失常，无法安眠，仿佛听到一个声音在说：“不要再睡了，麦克白已经谋杀了睡眠。”——编者注

这时，我意识到空虚感已经步步紧迫，从我生活的边缘逼近了中心。我开始问自己：我是谁？为什么会在这个房间里、这张床上，嫁给了这样一个人？我回忆起曾经的自己，那些不同年龄、带着各个年代特有印记的自我在脑海中纷至沓来。我开始疑惑，为什么世间道路千万条，而我却选择了现在这种活法？生活又如何弯曲了时空，把我当作它的玩物？对过往的种种内心选择与情感轨迹，我绝无抱憾之意，但此刻，我却迷失了自我。这样的时刻到来的时候，那些我最珍视的东西，那些在我的世界中举足轻重的东西，都顷刻间残忍地崩塌在宇宙之中。

我无法冷静下来，于是踱步走向一楼，到厨房撸狗消磨时间。黎明将至，天光如白骨森然，我和狗依偎在沙发上，它的皮毛紧紧贴住我的皮肤。我们相拥取暖。它向我喘着气，那是它心情愉悦的表现，可听上去浑如老人的叹息。尽管听起来荒诞，但是以狗为伴的那些失眠时光里，我相信它懂我的心事。也许动物的直觉告诉它，我白天都在传送信号，到了夜里只想接收信号。

若真是如此，那么问题来了：信息真的可以不通过任何介质传播吗？宇宙万物皆由分子构成，各自有形有质，姿态万千，然而中间横亘的是太空的无尽距离，真的有办法把一句温言软语传递到光年之外吗？我无从得知。

今天早晨，狗一直躲着我。我不能责怪它，我整个人无精打采、了无生气，用僵尸已不足作比了。我活像个吸血鬼。我什么事也不想做，于是坐在桌边，用文火煮了一杯咖啡。伦敦的天色阴沉灰暗，我忽然在想，如果太阳灼透这荫翳的云层，把炽烈的日光倾泻到我厨房的窗户上，那我肯定会在暴晒下被烧成一坨漆黑的渣滓，用来当花园的肥料怕是都嫌臭。

这次惊醒我的噩梦并无特殊之处，也是由焦虑引起的，无须多费笔墨。焦虑给我带来了形形色色的噩梦，梦中总有各式各样的厄运降临，有时是身体残疾，有时是上班迟到，有时是遭人误会，有时是身染重疾，有时是飞来横祸，有时是卷入了暴力争斗。每次都是这样，我仿佛置身一座镜厅之中，处处是机关陷阱，时时有明枪暗箭，防不胜防，我想尖叫却发不出一点声音，只有眼睁睁看着自己被困在重重阻障之中，无法逃脱。每次这种梦都让我心律不稳，呼吸微弱而艰难，比紧随其后的失眠更让人心力交瘁。

神经质后遗症恣肆蔓延于我的梦境之中，事件之间哪怕最普通的联系也被灌入了不安与烦躁，于是链条破碎，连贯被打破，我的初衷也随之瓦解，我的梦境是靠不住的场域，时时刻刻都有可能像折纸一样隐没在看不见的缝隙之中，然后又轰然洞开不同的门户，敞出让我心焦的远景。抑或它会忽然溶解在黑暗之中，仿佛电影胶片被酸液腐蚀殆尽，在我面前消失得无影无踪。我的梦里显影了现实的裂隙，它们会像浆果一样爆裂，撕开现实的画皮。

我知道这是黑夜与白昼在梦中对话，它们各执一词，在唇枪舌剑中争论生存问题，但是生存的困惑仍然存在。

让我感到宽慰的是梦具有社会性，神经质症状不是我一个人的专属，我也宽慰于许多人的梦境都会重复出现，噩梦尤其如此。格特鲁德·斯泰因有句名言：“世界上没有重复，只有一次次坚持。”有时候潜意识只是想让我们听到它的声音。

我认识的一位精神医生告诉我，事实上人们会爱上自己神经质的样子。记得那时我是这么和他说的：“大概人们都想治愈这种矫情的自恋，才会来找你吧？”但现在我觉得这种自恋是人之所以为人的必需，它使我们成为独一无二的自己，赋予我们独一无二的个性、棱角、锋芒与怪癖。

我一直审视着自己的失眠（这种态度当然不是冷眼旁观，毕竟在如此颠覆日常经验的病症面前，谁又能保持客观呢），我发现失眠是一种过剩的产物，源自我们过剩的期待与过剩的思考。当然，我的失眠是第一世界后资本主义时代的畸形产物，尽管明白这一点对我来说毫无用处。真正有助于我卸去这过剩负累的，是提炼出我夜间不眠不休时的思考，将其抽丝剥茧付诸笔端，形成文本。唯有如此才能滤去失眠施于我身上的种种魔力。于是我翻身起床，开始写作。

但是恐惧依然紧紧压迫着我，我担心自己的作品注定无法超脱神经质的裹挟。仅仅想到这种可能性，我便陷入深深的惶惑，仿佛脚下的土地都开始融化沸腾。写作之于我，既是指路的罗盘，又是停泊的锚。

写作是少数几种能让我从自身抽离的仪式，另一种则是睡眠。创意写作课上有一句老生常谈：写作就是要“脱离常规”。为了从自身抽离，有些人会冥想，而我则写作。

可是，如果写作只是我神经质的一种表现而已，那么等我终于不再失眠了，我创作的源泉是否也会因此枯竭干涸？

于是形形色色的黑暗涌来，以化解我精神的危机。它们在我脑中植入这样的补偿意识：失眠时我所看到的、触到的一切，纵然光怪陆离，纵然形状骇人、面目可憎，但也不乏幻觉预示与刹那灵光，倘若人的存在是一件衣服，这些就是衣服上被磨损的线头。另外，失眠时我偶尔还能听到宇宙微弱的喃喃自语，或许，只是或许，它们在人类产生亿万年前就已经存在了，并且还将回荡至宇宙终结的那一天。

我该怎么向你描述这些磨损的线头呢？它们极其稀有，即使是命运女神也找不出足够的数量，来编织一张未来之网。

这些线头很狡猾。你一旦靠近，它们就消失了，但若匆匆一瞥，你会发现它们出现在你感知神经的末梢，或是如一阵寒意悄然爬上你的四肢。此时此刻，你切切实实地领悟到自己生命中最稳固的主线将于何处终结。你仿佛挂在悬崖边上，即将坠入深渊。

这感觉又像是你将脑袋探出羽绒被，暴露在夜间未知的空气中。你呼出的温热气流，瞬间便消失在不可名状的虚无之中，没有给你留下半点挽留的机会。你能清楚地感受到自己的脑袋在空间中的位置，它沉重地覆压在枕头上，摩擦着床单的边角，它承受着来自各个压觉点的作用力，而这些本体感觉[1]是如此痛苦而剧烈，就好像整个生命都挤进了头颅。你仿佛焕发出了一种奇异的“现时性”，你能感受到它的纵深和重量，而其他一切都不复存在。

换种方式来说，我想表达的这种不稳定感，它的具体呈现方式也许是一种异物感，像是你的脚踝下或足底藏有异物。当你睁眼躺在床上却找不到任何舒服的睡姿时，就会有这种感觉。你的四肢变得极度敏感、躁动不已，同时又笨重而陌生。理智告诉你，四肢（你身体的附赘物）属于你，是

1 本体感觉：又称肌肉运动知觉，是一种对肌肉各个部分的动作或者一连串动作所产生的触觉。——译者注

你的一部分，但同时，你又强烈地感觉到，它们已被黑夜占据，需要重新夺回。

通常情况下我们对夜间活动是陌生的，不仅是因为我们很少在夜晚出行，还因为我们一厢情愿地认为，夜晚不只是黑暗笼罩的所在，更是自然魔力支配的诡异国度。它在灌木丛中织出蛛网，在玻璃窗上留下毒虫的黏液，在窗台上遗落老鼠的粪便。它于黑暗中编织了一层迷雾，如花环悬挂空中，如蛙卵散布四处，模糊而浑浊，当月光从背后照来，这迷雾看上去几乎是颗粒状的，仿佛一连串充满水的球体晶莹闪烁，飘浮在空中。

我们对睡眠也是陌生的，即使有幸拥有睡眠的人也不例外。睡眠的功效我们都略微知晓——休养生息，促进新陈代谢，修复记忆，并如声呐般探测我们潜意识的深处。但是它发生于不可见的世界，包裹于黑暗之中。而我们自身，淹没在自己的 δ 波之下，陷入更深的自我编织的黑暗，因此无法目睹睡眠的工作，也就永远无法理解睡眠的目的。

正如文化历史学者埃莉内德·萨默斯－布雷姆纳所言：“睡眠给了我们诸多好处，而它的代价是，我们对此并不知晓。”

由此看来，睡眠减缓了意识的负担，而它向我们索取的报酬就是信任。

人必须要向黑夜的神秘敞开怀抱，以获取启示。古人远比我们更懂得这一点。最早的古希腊神谕就是“祝圣黑夜”。古时的英雄若想看清事情的真相，必须要从冥界穿行一遭，或是蛰居于洞穴之中。有时，他们只有经历过失明才能看清真相（或是看得更透彻、更有洞察力），比如俄狄浦斯。忒瑞西阿斯因偷窥雅典娜的裸体而遭受失明的惩罚，但雅典娜同时也赋予了他预知未来的能力。以上事例都说明，真相才是盲先知启示的来源，而非光明。

在古埃及，那些探寻真理的人为了在黑暗中窥见世界的真谛，会在神力的指引下在庙中蛰伏一夜。这是睡眠的仪式。这些人躺在圣坛的地面上，就如人体避雷针，引来神灵的旨谕，交给祭司解读。

在蛰伏期间，祈求者进入了一处混沌的空间，无论神圣还是邪恶的元素都会由外部世界渗入他们的梦境。也就是说，这场蛰伏意味着跨越一道门槛。众人对这种“内在觉悟”趋之若鹜，因为僭越这片领地带来的危险也是至高真理的象征。

我公公是加拿大人。我女儿还小的时候，公公送给了她一张印第安克里族的捕梦网。那是一个细长的奇怪玩意儿，由两根细柳条粗略地编成一个环形，上面挂着五彩的羽毛和珠子，五颜六色的丝线在环中交错纵横，样子好似一只巨型耳坠。我和 Zzz 将捕梦网挂在孩子床边的书架上，希望它能捕获好梦，将美好与欢乐带到她的梦中。

这么多年过去了，我在女儿的卧室偶然发现这张捕梦网时，忽然被它的辟邪属性触动了。我手抚那些羽毛，指尖滑过棉线，好似在进行一项仪式，惊叹于如此简单的东西居然可以通向宇宙的奥秘。印第安克里族人和古埃及人都明白寻梦是一门艺术，因为你真正寻求的是在梦境彼岸的真理，而梦只是一个媒介。

捕梦网给人分外平静之感。柳条编成的环形自成一体，似乎是静止之思想的贴切喻体，完全剔除了烦恼忧虑，仿佛黑暗的虚空之境中轻柔地飘浮着羽毛和尘埃，它们升腾旋舞，穿越这虚空。这是“空”的箴言。夜晚失眠的时刻，杂乱的思绪就涌入大脑开起派对，纵酒狂欢，喧闹嘈杂。我试着找一样东西形容这种状态，最先想到的比喻就是指尖陀螺。而捕梦网带给我的意象，和指尖陀螺恰恰相反。

也许我能从失眠中领悟到的一课是，失眠的裨益不在于夜里我们辗转难寐时所看到的东西。失眠时我们充满了渴求，筋疲力尽地寻求着真理，所以什么也看不到。失眠的裨益在于我们的观看方式，即我们要关注存在的边缘，以及边缘之外究竟有什么，在于我们是否敢于走向悬崖，凝视深渊，观望赫西俄德所说的“万物之起源与边界”交错并陈之地。

弗洛伊德论证意识与潜意识的互动时，也曾尝试去探寻我们的观看方式，并描述其运作机制。此外，他还指出，观看必然有盲区。弗洛伊德的观点是，白天大脑将“柄轴”转入思维的链条中，而到了晚上，这些柄轴就会在梦中与潜意识相遇。这就是白昼与黑夜相互滋养的方式，这就是创造力的来源。

精神分析的工作就是发掘大脑夜间迸发的情感，令其重见天日，它本质上就是一种失眠性质的实践。这个发现让我兴奋不已，也许这就是我对精神分析着迷的原因吧。

每每思考到柄轴运行于不同的意识之间，将它们融汇或是并置，我总能想到拼贴。梦境就如拼贴画。我们理解事物的方式也似拼贴画，大脑从感知的最外围收集材料，将之融合为特定的形状。写作也是一种拼贴画。写作是一种持续的互动过程，每一秒我们都会产生新的想法，再和之前的想法糅合校正，如此相继。写作是输入与输出、思想与创造之间的动态平衡。

查尔斯·西米克写过一本评述艺术家约瑟夫·康奈尔的小书，文风简洁，由若干断章构成，极为雅致。西米克认为，康奈尔身兼数种身份：艺术家、博物学家，以及拾荒人，他的拼贴艺术是将“已然存在的意象碎片重新组合，构成新的意象”，以此独树一帜，成为20世纪艺术史上最伟大的革新之一。有太多本来并非艺术作品的东西、偶然间的创意，以及现成的物事，都进入了艺术范畴，这消弭了生活与艺术的分野。“若换个角度看，平凡也会变成奇迹。”查尔斯写道。

我比较同意他的观点，因为换个角度来看，平凡之物也是复杂的、偶然的、独特的。在最理想的情况下，它们卓尔不凡。

1839年，在马萨诸塞州的鞍峰山顶，亨利·大卫·梭罗就见证了这样一个平凡的奇迹。梭罗于黄昏时分出发，沿峭壁和林木葱茏的山坡攀缘而上。天色渐晚，下山已来不及，他便在山顶露宿一夜。那里是威廉姆斯大学天文台的地基所在。他生了一堆火，躺在崎岖不平的地面上，头顶只有几片木板遮蔽。他看了几页报纸，便陷入时断时续的睡眠。翌日早晨，他看见了上帝。

他记述到，黎明时分，周围是“一片雾气迷蒙的海洋”，与天文台的地基齐平，“遮蔽了尘世的一切痕迹，只剩下我漂浮在这世界残骸的碎片上”。天光越来越亮，整个世界浑然一体，甚至没有留下一道缝隙。马萨诸塞州、佛蒙特州和纽约全都湮没于眼底，只有一片雄浑壮阔的崭新景象：“在我的脚下，放眼远眺，四周绵延着上百英里的云层，波浪起伏，那形态各异、膨胀隆起的表面与云雾笼罩的陆地世界遥相呼应。这是一片我们仅能在梦中看到的原液，拥有天堂的一切欢愉。那里有广阔无垠的白雪覆盖的牧场，看上去洁净光滑、牢固结实；在云雾蒙蒙的两山之间有幽暗的溪谷。”这新生的白色世界没有“不洁之物，没有斑点或污点”，脚下的土地已经变成“如先前的云层那样一闪而过的光与影的混合体”。

梭罗说：“我发觉自己已然成为黎明女神欧若拉炫目大厅中的一名居住者。”这既是一种奇迹，也是一种荣幸。他身处“太阳战车的车道上，这条车道点缀着带露的尘埃，享受着上帝慈祥的微笑以及他远远射来的一瞥”，这既是夸张，也是谦卑。眼前之景激发了梭罗对脚下居住之人的同情，因为他们只能住在这胜景之下，只能看见“天堂之路黑暗朦胧的下面”。

梭罗经历的这个“平凡的奇迹”纯属巧合，但这也是因为他愿意换个角度来看这个世界。因此，人的习性可能就是开启艺术细胞的钥匙。若透过放大镜看世界，你便会有独特的视野，一切习以为常的东西都变了模样，事物的边缘如同刀劈斧斫，光滑的表层下还有重重坑洞。而变形与颠覆，也正是拼贴画所要求的。

拼贴画像是机关枪射出的子弹，各元素间相对独立，又彼此关联，但它也并非不受控制。拼贴画的素材都经过了精心挑选，重组后便会产生新的事物。拼贴画好似弗洛伊德所说的柄轴，告诉我们看待日常世界的方式与它的内容同样重要，要将我们的注意力转移到容易被忽略的缝隙之处。出于这些无论是视觉上还是文学上图景并置（比如威廉·巴勒斯所说的切割与内折）的原因，拼贴画都具有认识论的价值。

我认为，爱也是一样的。爱从现实生活中萃取养分，将人们组合在一起，将他们的生活相互融合，重塑他们的亲密世界。

于我而言，Zzz 就是“新世界”，他目光长远，积极进取，而我则是欧罗巴[1]，内心充满旧世界的焦虑与愧疚。他有条不紊、实事求是，而我总是犹豫不决、举棋不定；他善于创新，而我忧心忡忡。生活中他能施展手脚的地方，我则需要一层一层解剖万花筒，掏出它的种种幻影。我们的关系好比白昼之于黑夜，相互适应，相互补充。

---

1 欧罗巴：欧洲的别称，前文的“新世界”则指美国，与“旧世界”欧罗巴对应。——编者注

法国哲学家让-吕克·南希曾自问睡眠的意义何在，于是他想到了睡眠与清醒的镜像关系。他写道："睡着的你挤在清醒的你的身体里。""清醒的你围绕在睡着的你周围。"它们如情侣般缠绕在一起。这正是我想告诉 Zzz 的话，他就被包裹在我的身体里。

我一直认为，专注有其局限性。强调"专注"过于高估了此时此刻，忽视了思想需要连接过去与将来、经验与推测，而唯有经过这种连接，才能创造条件，赋予思考叙述的能力，赋予前途过往的经验。专注的结果，要么是果断而忠实地将注意力集中于一个思考对象，要么是完全放弃思考，因此专注的作用，大概和对着厕纸祈祷没什么区别。

提到专注，我脑海中便不自觉地浮出一个脑袋锃亮的僧侣形象。他来自远东，身披藏红色袈裟，双手交覆，盘腿坐于一朵莲花之上。这是一个完全静止的意象。僧侣既在这个世界（他也是血肉之躯，像一棵灌木一样需要喂养和照料），同时也不在这个世界，完全不为凡俗之事所扰。他看起来仿佛要永远这么打坐下去，双目紧闭，肩膀微曲，眉头舒展，脸上挂着几乎不可察觉的一丝微笑——他的面容显露着一种微妙的平和。

这个僧侣传递的正是开悟的图景。若让我想象他脑中的思绪，我想到的就是一件单弦乐器：拨动它时只会发出一个音符，纯粹、坚定、永恒——与禅宗大师释一行在《互相找寻》一诗中所说的“专注一境”完全吻合。

僧人顿悟的平和自足吸引我吗？既可以说吸引，也可以说不吸引。佛教将这种开悟形成的平和心境理想化，而无论这种平和对我有多大的魅力，我都不禁怀疑它已无限接近于虚空，仿佛我们所能向往的思想之最高境界，就是这种超乎人类所能的静止，然而这其实与活死人并无差异；仿佛到达冥想的涅槃境界就相当于一次彻底的年终大扫除；仿佛你感到惊喜，兜了个圈子又回归麻木；仿佛超越凡俗仅仅意味着克服障碍而已。

我的结论就是，专注像极了清扫屋子，它专注于一处，满足于行动的集中迸发，但缺乏行进的方向。专注希望事物保持原状，但最终并未改变世界。

专注不像漫无目的的神游。神游意味着当思想濒于无聊之际，便开始自娱自乐。当思想在夜晚的黑暗中被点亮，抑或是我们在光天化日之下做白日梦时，神游会伪装得更完美，你的思想不再集中，不停跳跃。神游意味着自由联想、天马行空。它一旦降临，便迫不及待地把你挟入狂欢之中。神游为你开启思想之门，有如透过棱镜，映射出五色缤纷的光彩。它即兴弹奏，它轻舞飞扬，它四处云游，它气势汹汹。它不顾条条框框，肆意闯荡。也许这就是清醒的意识能够向失眠学习的东西。

我的家是一块小小的舢板，载着我们三个流浪的人度过漫长的岁月。我们三个很有默契地突破了生活的边界，至少表面如此。我在时间的洪流里颠倒挣扎，摸爬滚打，僭越了黑夜与白天的边界；Zzz 则不停来回越过大西洋，在途经每一国的后院里引爆一颗颗文化炸弹，新近燃起的革命热情让他不能自已；而我们正值青春期的孩子则发现了男女性别之间广袤的中间地带，宣布自己是一位“性别侨民”。

我仍然渴求睡眠带来的充实感，渴望着被意识边界之外残留的理智所拯救。无论如何，在僭越边界的同时，我仍想保持理智。我不想在不知不觉间就从存在跨到虚无，我想在与漂流和越界为伴的同时，能意识到它们带来的不只有兴奋，也有危险。当然，这种事情福祸难料，需要我拥抱不确定性。

过去我认为，这种勇敢越界的典范是佩内洛普。她的确是，但或许山鲁佐德的英雄事迹更能代表这种勇敢。她是寓言故事中的夜之公主，黑夜赐予她智慧。佩内洛普的磨难在于必须坚忍，她要战胜的不仅是韶华流逝的空虚，还有更加深不可测的黑暗——未来的不确定以及自己是否被丈夫抛弃的忧虑。而在《天方夜谭》中，山鲁佐德面临着更大的挑战，即挑战时间本身。

你一定听过这个故事。波斯国王为了报复前任王后的不忠，正在大肆屠杀王国内的女性。每晚他都会找一名处女侍寝，然后在黎明时分砍掉她的头颅。山鲁佐德冒着生命危险自愿服侍君王，而这次，波斯国王终于棋逢对手。每晚，她都会讲一个引人入胜的故事哄国王入睡，但每次都是“欲知后事如何，请听明夜分解”。国王迫不及待地想知道故事的结局，便不得不留她一命。如此一夜又一夜，就这样过去了一千零一夜，山鲁佐德不停讲着故事，终于这位波斯国王被她感化，并娶她为妻——这时他们也已经有了几个孩子。

佩内洛普把寿衣织了又拆，拆了又织，这象征着她内心的希望。山鲁佐德却以另一种编织来填补黑夜骇人的空白，她那聪慧的大脑如一团纺线，随手拉扯便能织出绚丽夺目的故事。每当黎明来临，叙述之线便戛然而止，从而延缓本应宣判的死刑。她截断了阴阳轮转、昼夜循环的交替连续，如此一来，她便掌控了时间。

而这故事唯一的遗憾就是山鲁佐德的夜夜无眠——唯有如此，她才能活命。睡眠于她意味着死亡。

炼金术中有一个术语叫作“无中生有”，专指将各种配料置入炼金坩埚，以炼出点金石。那些配料都是什么呢？无非是蜥蜴尾巴、平头钉靴、鸡血、贱金属之类。另外还有个术语叫 negredo，意思是“黑化”，指原料的腐败。据说原料黑化后“比最黑的黑色还要黑”。看到这种黑色时，你无法相信从中能提炼出什么好东西，但是正如腐化之后便有净化，黑化之后就有白化，即光的诞生。

卡尔·荣格耗费多年心血阐释了炼金术的心理学意义，他将这门“黑化艺术”解读为个性化过程中的语言象征，而个性化本身就是一种觉醒，不是吗？荣格用黑化来指涉“阴影投射”的重要性，即理解你如何向他人投射了自我——以及更重要的，意识到自身的黑暗。

唯有躁动的灵魂才会在深夜未眠时也依然亢奋，抵御睡眠的诱惑和勾引，火力全开地去适应黑夜。

尼古拉·阿斯楚普就是这样一个躁动的灵魂。阿斯楚普是 20 世纪早期的挪威画家，以色彩饱和度极高、风格类似原始主义的油画蜚声艺坛。他的画描绘的是约尔斯特的乡村风光，那是他儿时的故乡，地处挪威西部，人烟稀少。长大后，阿斯楚普先后在奥斯陆、柏林和巴黎学习，但他很快感到厌倦，因为他认为在这些艺术中心，其他（他认为更优

尼古拉·阿斯楚普的画作

秀的）画家的影响让他失去了灵感，于是他辗转回到儿时故乡约尔斯特。回归这片乡村伊甸园后，直到四十七岁英年早逝，他再未离开过这里。阿斯楚普多在夜间作画，画的也多是夜间景致。他如痴如醉地把约尔斯特的山村和峡湾，把那壮丽的风光留诸画布，创作了大量勾人心魄的作品。在他的画中，湖水沐浴在月光下，漾起清冷的波光，金盏花田在夜色中辐射着诡谲的异彩，还有干草垛的阴影，像极了鬼鬼祟祟猫着腰的人们。他那朦胧的调色，总能化熟悉为陌生，又化陌生为魔幻。

阿斯楚普终生患有哮喘，每个夜晚他都会从梦魇中惊醒，艰难地呼吸，继而陷入无眠。他睡觉时习惯半躺在厅中的椅子上，脑袋垂在胸前，唯有如此方能在间歇性的窒息发作时醒来。失眠时，他通常会起身到户外散步。在写给友人佩尔·克雷默的信中，阿斯楚普提及自己月光下的忙碌：他有时会去种树，用新鲜土壤覆住树根，有时会去湖边钓鲈鱼，或者修理收音机，还有时会游走在空荡荡的小镇，留意云杉的绿色、光线与阴影的特质，边走边做笔记。

这位怪异的画家给我一种莫名的亲切感，尽管他与我没有任何相似之处。虽然他身形极其高瘦，有点牧师式的驼背，还长着一只尖鼻子，活像电影《飞天万能车》中的儿童捕手，但是黑夜赋予了他哲学家的气质，令我备感亲切。

阿斯楚普绘画的素材就是颜色与心情，这与他的艺术作品很相称。他毕生痴绝的，是黑暗光影中诡异莫测的色彩变幻：蓝色与灰色油彩调和，便兑出一种浓郁的银色；把绿色调深，白色便会黯淡下去；若画中之景，一木一石，都镀上了黑暗的质地，皎洁的夜空便越发澄澈空明。曾有位学者评论说，阿斯楚普明白“黑暗让自然闪耀着神秘的光芒”。阿斯楚普认为，这值得他倾尽毕生精力去研究。为探求个中真谛，他情愿献身其中。

但我那躁动的灵魂又当如何呢？它将带我去向何方，又会要我做出何种牺牲？

老实说，我也不清楚，但一想起这些问题，我的思绪便回到了巴斯考特公园的那次探访，回到了爱德华·伯恩·琼斯的催眠画作中，领会画家的余意。

但这些画作究竟如何催眠呢？在法灵顿，有个无从考证的传说流传至今，据说伯恩·琼斯再三要求他的油画展出时必须向北放置。他不想让阳光从南面直射于画上，而要让日光经天空散射后再洒上去。这种光线被称为“灰光”。他在画室绘画时就是这般，绝不让画布直面阳光，因为在灰光下色彩会更为精准。（直到现在柯达公司还在生产灰卡，帮助摄影师获取完美的色彩和色调。）伯恩·琼斯还明确要求，巴斯考特庄园大厅应保持安静，使用吊灯照明，以营造一种神秘莫测而令人期待的氛围。伯恩·琼斯想让来访者在半昏暗的环境中邂逅睡美人系列油画，在此感受时间的魔法，以投入一种需要敏锐感知力的观赏中。他们的眼睛越能适应黑暗，能发掘的内涵也就越多——更多色彩，更多细节，更多微妙的差异——这样就会产生多层次的解读，如济慈称颂"悠悠岁月"时纷繁复杂的思绪一样。

在画中你能寻见许多微妙的细节：首先，画作中处处皆是时间与永恒的隐喻，例如沙漏里的沙子完全静止，日晷背对太阳，还有公主闺房的装饰中镶嵌着孔雀和卍字符，那是灵肉不死、时间无尽的象征。这些符码都暗示着在这个被施了巫蛊魔咒的空间中，时间已然终止。但换一种观看路径，你会发现其中两幅画上，几乎隐没在背景中的小窗暴露了外界的真实世界，或曰清醒的世界，那里日光明媚、生机勃勃，时间仍在流逝。因此，画框里并不是全然死气沉沉的，但是，伯恩·琼斯想传达的是什么呢?

1890 年，适逢睡美人系列画作首次公开展出之际，《笨拙》杂志发表了一组诙谐的漫画，题为《玫瑰根传奇》，声称是"玫瑰公主"系列的"姊妹篇"。在四个同样狭长的画框中，每个人物都抽饱了鸦片，伏在地上陷入昏眠。连威廉·莫里斯诗中对沉睡婢女的嗟叹，画上也有一句配诗与之遥相呼应："女仆们欲将烟斗填充，抽完后便躺着不动。"漫画成功唤起了一种恶作剧式的幽默，因为读者都知道野玫瑰这种木本植物的根部异常坚硬，常用来制作烟枪，漫画以"玫瑰根"影射睡美人中了巫蛊魔咒的睡眠，实际上只是吸毒后的麻醉效果。那个时代不仅有静养疗法粉墨登场，更有化学麻醉和鸦片酊治疗大行其道。在这样的时代，一个接一个沉睡的女性显影了整个社会的痼疾：这个社会已被物质所奴役，想象之门已经关闭，只剩下神经的重压。

这就是伯恩·琼斯想要唤醒的世界。可谁又能责怪他呢？

野玫瑰，又名狗蔷薇，是很少出现在家居花园中的品类，因为它是木本植物，又带着刺，容易扎人，况且花期只有两周，不像人工培植的品种常开不败。虽然花期短暂，但它盛放时就披上了精致的粉色盛装，而且浓香馥郁如苹果花，因此颇受婚宴装饰的欢迎。再看看伯恩·琼斯的画作，野玫瑰恣意盛开，放眼一望，鲜花盈目，红粉飘飞，散发着喜庆的氛围。然而，野玫瑰之所以绽放（醒来），是因为王子终于来到了他的新娘身边，还是它永远都盛开着，迎接着画外世界永恒的光亮，提醒人们这世界的存在？

也许野玫瑰告诉我们的是，所有如中了巫蛊魔咒的睡眠之中都暗藏着清醒，它潜伏在幽暗处，以独特的方式给我们一种展望、一种预言、一种启示。

伯恩·琼斯已于无意间在画中埋下了意义的种子，这意义远远超出他的初衷。我宁愿相信，让观众适应黑暗的观画环境是他亲自设计的，因为如此一来，他便设下了陷阱，无论观众如何走马观花，都可能经历一次自身的觉醒。若他们能认真对待这种觉醒，便能意识到自身的重要，意识到自己的潜力；便能团结起来，组织革命；便能拥抱不确定性，迎接变革。

这就是我此生的愿景。我要化混沌与困厄为机遇，以光明之刃刺穿黑暗。

这就是失眠之颂，我应吟唱，我应放歌。

参考书目

关键文献

Elizabeth Bronfen, *Night Passages, Philosophy, Literature and Film* (Columbia University Press, New York, 2013).

Eluned Summers-Bremner, *Insomnia: A Cultural History* (Reaktion Books, London, 2008).

重要文献

Gwyneth Lewis, *Sunbathing in the Rain: A Cheerful Book About Depression* (Flamingo, London, 2002).

Tom McCarthy, *Satin Island* (Alfred A. Knopf, New York, 2015).

Maggie Nelson, *Bluets* (Wave Books, Seattle, 2009).

Charles Simic, *Dime-Store Alchemy* (Ecco Press, Hopewell, N.J., 1992).

其他文献

Gaston Bachelard, *The Poetics of Space* (1958). New edition (Beacon Press, New York, 1992).

Gennady Barabtarlo, ed., *Insomniac Dreams: Experiments with Time by Vladimir Nabokov* (Princeton University Press, New Haven, 2017).

Marshall Barr, Thomas B. Boulton, and David J. Wilkinson, eds., *Essays on the History of Anaesthesia*, International Congress and Symposium Series 213 (Royal Society of Medicine Press, London, 1996).

Matilda Bathurst, 'Northern Light', Review of Nikolai Astrup exhibition at Dulwich Picture Gallery, 2016, *Apollo Magazine*, vol. 640, no. 1, pp. 196–97.

Charlotte Beradt, *The Third Reich of Dreams: The Nightmares of a Nation, 1933–1939* (1966), translated by Adriane Gottwald (Aquarian Press, London, 1985).

Elizabeth Bishop, 'Crusoe in England', from *Complete Poems*, with a New Introduction by Tom Paulin (Chatto & Windus, London, 2004), pp. 162–66.

Robin Blackburn, *The Making of New World Slavery: From the Baroque to the Modern, 1492–1800* (Verso, London and New York, 1997).

Claes Blum, *Studies in the Dream-Book of Artemidorus* (Almqvist and Wiksells, Uppsala, Sweden, 1936).

Roberto Bolaño, 'The Worm', in *The Romantic Dogs*, translated by Laura Healy (New Directions, New York, 2008).

Georgiana Burne-Jones, *Memorials of Edward BurneJones*, with a New Introduction by John Christian, vol. 2, 1868–1898 (Lund Humphries, London, 1993).

Blake Butler, *Nothing: A Portrait of Insomnia* (Harper Perennial, New York, 2011).

Susan P. Casteras, *Images of Victorian Womanhood in English Art*

(Fairleigh Dickinson University Press, London and Toronto, 1987).

Nancy Cervetti, *S. Weir Mitchell, 1829–1914: Philadelphia's Literary Physician* (Penn State University Press, University Park, 2012).

William Gervase Clarence-Smith and Steven Topik, eds., *The Global Coffee Economy in Africa, Asia, and Latin America, 1500–1989* (Cambridge University Press, New York, 2003).

Stephen Cushman, 'Make the Bed', in *Cussing Lesson* (Louisiana State University Press, Baton Rouge, 2002), p. 22.

Cynthia J. Davis, *Charlotte Perkins Gilman: A Biography* (Stanford University Press, Stanford, California, 2010).

Galya Diment, 'Nabokov and Epilepsy', *Times Literary Supplement*, August 3, 2016, www.the-tls.co.uk/ articles/public/sudden-sunburst.

Roger Ekirch, *At Day's Close: A History of Nighttime* (W. W. Norton, New York, 2005).

Sigmund Freud, *The Complete Introductory Lectures on Psychoanalysis*, translated and edited by James Strachey (George Allen & Unwin, London, 1971).

Charlotte Perkins Gilman, *The Living of Charlotte Perkins Gilman: An Autobiography* (1935), introduction by Ann J. Lane (University of Wisconsin Press, Madison, 1990).

Charlotte Perkins Gilman, *The Diaries of Charlotte Perkins Gilman*, vol. 1 (1879–1887), vol. 2 (1890–1935), ed. Denise D. Knight (University of Virginia Press, Charlottesville, 1994).

Gayle Greene, *Insomniac* (University of California Press, Berkeley, Los Angeles, and London, 2008).

Sasha Handley, *Sleep in Early Modern Europe* (Yale University Press,

New Haven, 2016).

Homer's Odyssey, ed. Lillian E. Doherty, Oxford Readings in Classical Studies (Oxford University Press, 2009).

J. Donald Hughes, 'Dream Interpretation in Ancient Civilizations', *Dreaming*, vol. 10, no. 1 (2000), pp. 7–18.

Carsten Jensen, 'Life's Detours: A Portrait of Nickolai Astrup as a Comic-Strip Character', in *Nikolai Astrup, Dream-Images*, translated by John Irons and Francesca M. Nichols (exhibition catalogue, Gl. Holtegaard) (Narayana Press, Copenhagen, 2010), pp. 114–19.

Maria Konnikova, 'Why Can't We Fall Asleep?' *The New Yorker*, July 7, 2015, followed by 'The Work We Do While We Sleep' and 'The Walking Dead', also in July 2015.

Peretz Lavie, *The Enchanted World of Sleep*, translated by Anthony Berris (Yale University Press, New Haven and London, 1996).

Anne Leonard, *The Tragic Muse: Art and Emotion, 1700–1900* (Smart Museum of Art, University of Chicago Press, 2011).

Penelope A. Lewis, *The Secret World of Sleep: The Surprising Science of the Mind at Rest* (Palgrave Macmillan, London, 2013).

Øystein Loge, *Nikolai Astrup: Betrothed to Nature*, translated by Francesca M. Nichols (Det Norske Samlaget and DnB NOR Savings Bank Foundation, Oslo, 2010).

Rowland Manthorpe, 'Mind-Wandering: The Rise of an Anti-mindfulness Movement', *The Long+Short*, December 10, 2015, thelongandshort.org.

Fiona McCarthy, *The Last Pre-Raphaelite:Edward Burne-Jones and the Victorian Imagination* (Faber & Faber, London, 2011).

Sidney Mintz, *Sweetness and Power: The Place of Sugar in Modern History* (Viking Press, New York, 1985).

Rubin Naiman, 'Falling for Sleep', *Aeon* , July 11, 2016.

Jean-Luc Nancy, *The Fall of Sleep*, translated by Charlotte Mandell (Fordham University Press, New York, 2009).

Sanjida O'Connell, *Sugar: The Grass That Changed the World* (Virgin Books, London, 2004).

Mary Oliver, *New and Selected Poems, Volume One* (Beacon Press, Boston, 1992), p. 181.

Jeremy Over, 'It's Alright, Students, Not to Write: What Ron Padgett's Poetry Can Teach Us', *Writing in Education*, vol. 71, NAWE Conference Collection 2016 (2), pp. 39–44.

Ruth Padel, *In and Out of the Mind: Greek Images of the Tragic Self* (Princeton University Press, New Haven, 1992).

Ruth Padel, *Whom Gods Destroy: Elements of Greek and Tragic Madness* (Princeton University Press, New Haven, 1995).

Cristina Pascu-Tulbure, 'Burne-Jones's Briar Rose: New Contexts', *English: the Journal of the English Association*, vol. 61, no. 233, pp. 151–75.

S. F. R. Price, 'The Future of Dreams: From Freud to Artemidorus', *Past and Present*, vol. 113 (1986), pp. 3–37.

David K. Randall, *Dreamland: Adventures in the Strange Science of Sleep* (W. W. Norton, New York, 2013).

Jennifer Ratner-Rosenhagen, 'American Dreaming 3.0', *Aeon* , May 25, 2017.

Benjamin Reiss, *Wild Nights: How Taming Sleep Created Our Restless*

World (Basic Books, New York, 2017).

Rumi, *Selected Poems* (Penguin Classics, London, 2004).

Oliver Sacks, *Awakenings* (1973; new rev. ed., Harper Perennial, New York, 1990, and Picador, London, 1991).

Elaine Showalter, *Hysteries, Hysterical Epidemics and Modern Culture* (Columbia University Press, New York, and Picador, London, 1997).

Lisa Russ Spar, ed., *Acquainted with the Night: Insomnia Poems* (Columbia University Press, New York, 1999).

Kasia Szpakowska, 'Nightmares in Ancient Egypt', in *Étudesd'archéologie et d'histoireancienne*, Collection de l'Université de Strasbourg, Actes des journéesd'étude de l'UMR 7044 (Strasbourg, November 2007), pp. 21–39.

David Henry Thoreau, *A Week on the Concord and Merrimack Rivers*, ed. Carl F. Hovde, William L. Howarth, and Elizabeth Hall Witherell, with a new introduction by John McPhee (Princeton University Press, 2004).

Marina Warner, *From the Beast to the Blonde: On Fairy Tales and Their Tellers* (Chatto&Windus, London, 1994).

Stephen Wildman and John Christian, *Edward Burne-Jones, Victorian Artist-Dreamer*, with essays by Alan Crawford and Laurence des Cars (Metropolitan Museum of Art, New York, 1998).

Emily Wilson, *The Odyssey* by Homer, a new translation (W. W. Norton, New York, 1917).

John J. Winkler, *The Constraints of Desire: The Anthropology of Sex and Gender in Ancient Greece* (Routledge, New York and London, 1990).

Lawrence Wright, *Warm and Snug: The History of the Bed* (Routledge & Kegan Paul, London, 1962).

致谢

在本书写作过程中，有很多学者向我推荐了与主题相关的诗歌，或者介绍了相关学术著作，这是不菲的馈赠，在此我谨向以下朋友致以诚挚的谢意：希瑟·代尔、安妮·戈德加、朱莉娅·科普斯、温迪·蒙克豪斯、艾玛·克莱顿·米勒、杰里米·奥弗、乔安·林伯格、裘德·库克、迈克尔·马尔默、奈杰尔·沃伯顿、莎莉·戴维斯和萨曼莎·埃利斯。

拜访牛津的巴斯考特公园时，熟知伯恩·琼斯事迹的罗杰·福里托斯热情地向我分享了这位画家的往事。能够亲临现场观赏画作，并聆听琼斯的精彩事迹，实在太过荣幸。造访卑尔根的科德美术馆时，西格德·桑德莫和托夫·豪斯伯破例为我搜寻资料，发掘了尼古拉·阿斯楚普的笔记和信件（现已被翻译成英文）。

感谢失眠治疗小组的病友们让诊疗不那么枯燥。感谢我创意写作课程的同事——蒂娜·佩普勒和安娜·巴克，我在这本书中写到了这门课程的二三事，希望她们没有异议。

感谢布里吉德·海恩斯，他是本书的第一位读者，他的细心和见地对我大有裨益。感谢丽贝卡·卡特和爱玛·佩里对本书一以贯之的支持。感谢菲利普·格温·琼斯和帕特·斯特拉坎，他们的灵思妙想促使我投入这一写作实验。还要感谢莎拉·布雷布鲁克和艾琳·科特克，她们是书籍营销的天才。

本书所引用的诗歌都经过了授权。经作者允许，我引用了史蒂芬·库什曼的作品《整理床榻》中的诗行。本书题词引自玛琳娜·茨维塔耶娃的《失眠》一诗，由伊莱恩·芬斯坦译为英语，收录于2009年出版的诗集《冰的新娘》中，经英国曼彻斯特卡克奈特出版社的许可转引。另外，我所引用的《鲁滨孙在英格兰》一诗出自伊丽莎白·毕肖普的诗集，版权归爱丽丝·H. 梅特菲塞尔信托基金所有，注释本版权归法拉、斯特劳斯和吉鲁克斯公司所有，本书中的转载得到了该公司授权。这首诗还出现在《伊丽莎白·毕肖普诗选》中，由夏托和温杜斯出版社出版，经兰登书屋许可重印。